£1.49

Y DYN DŴAD
chwarter call

Goronwy Jones

Argraffiad cyntaf: 2005

Lluniau'r clawr: S4C
Cartŵnau: Cen Williams

Rhif Llyfr Rhyngwladol: 0 86243 794 6

Cyhoeddwyd, argraffwyd a rhwymwyd yng Nghymru
gan Y Lolfa Cyf., Talybont, Ceredigion SY24 5AP
e-bost ylolfa@ylolfa.com
gwefan www.ylolfa.com
ffôn (01970) 832 304
ffacs 832 782

Y DYN DŴAD
'CHWARTER CALL' 1975-2000

RHAGAIR

Yn dilyn ei lwyddiant ysgubol yng nghystadleuaeth Llwfr y Flwyddyn eleni a chadarnhau statws Goronwy Jones fel llenor o bwys rhyngwladol, teimlasom ar ein calonnau ddyletswydd i gyhoeddi detholiad o'i waith cynharach, yr hwn a ymddangosodd mewn amrywiol gyfryngau yn ystod chwarter olaf yr ugeinfed ganrif.

Fel Daniel Owen a Dickens a llenorion mawr eraill o'i flaen, dewisodd Goronwy Jones gyfrannu'n helaeth i gylchgronau'r cyfnod, gan brofi'r dŵr, fel petai, cyn mentro i diroedd dyrys y nofel. Mor gynnar â 1976 bu'r awdur yn arbrofi ar sail gosodiad Roland Barthes fod 'yr awdur wedi marw'. Er bod Goronwy yn arddel erthyglau gwreiddiol y Dyn Dŵad yn *Y Dinesydd,* myn hyd y dydd heddiw mai darllenwyr y papur oedd awduron y nofel ôl-fodern a'u dilynodd.

Gan fod rhai beirniaid llenyddol ceidwadol o'r farn mai plot yn eu herbyn hwy yn bersonol yw nofel sy'n brin ei phlot, carem bwysleisio nad nofel yw'r gyfrol hon. Ystyrir yn hytrach mai eglureb ydyw ar deithi meddwl a datblygiad y cymeriad yn ystod y bylchau sydd rhwng llinellau'r nofelau *picaresque*.

Er gwaethaf honiadau cyson y cymeriad fod popeth yn y gyfrol yn wir, carem bwysleisio mai ffuglen bur yw'r cyfan. Gan addasu rhyw gymaint ar yr hyn a ddywedodd Syr T. H. Parry-Williams am y tylwyth teg: mae Goronwy Jones yn bod ond ni ddylid bob amser ei gredu.

Yr Athro Emeritus Arthur Guinness

yr hen walia

Pwy Laddodd Yr Ely (meddai clychau Y Rhymney)

Mudo o'r Black Boy i'r New Ely wnaeth Goronwy Jones ym 1976 a chael croeso twymgalon gan yr Hwntws: Connolly, Penniman, Stan Crossroads, Marx Merthyr, Dai Shop a'r gweddill. Yno rhwng rowndiau dirifedi o'r ddiod gadarn yr ysgrifennodd y Dyddiadur. Tipyn o sioc gan hynny i Gymro oddi cartref oedd mynd am beint un noson a chanfod fod ei ailgartref wedi diflannu am byth...

Fedrwn i ddim coelio 'nghlustia. Ro'n i newydd glwad y newydd bod yr hogia wedi ca'l 'u troi allan o'u hail gartra, y New Ely. Dwi allan o gysylltiad yn lân bellach ers pan 'dwi'n byw hefo Belinda yn Grangetown. Yn naturiol, ma'r Ely wedi mynd i feddwl llai i fi yn ddiweddar ond ro'dd rhywun fel Gareth Connolly'n teimlo i'r byw.

"Pymtheg blynyddoedd roeddwn i'n byw yn y lle 'na," medda fo a'i stagars o'n llydan 'gorad fel dyn wedi cael sioc fowr. "1963 dechreuon ni pan roeddwn i'n tri deg oed dim ond, a ddim yn wedi dechrau dysgu Cymraeg."

"Ie," medda Dai Corduroy, "Achos y lle 'na dechreues i dysgu'r iaith hefyd. Roedd e'n cartref y Cymry yn Caerdydd. A nawr ni'n ddigartref."

"Dwi'n gwbod yn iawn sut 'dach chi'n teimlo, hogia," me fi. "Dwi'n cofio pa mor giami o'dd y teimlad pan gesh i'r bŵt o'n fflat gin yr hen beunas Mrs Wilcox 'no stalwm."

Ro'n i wedi ama bod rwbath o'i le pan esh i'r Ely nos Sadwrn cynt. Bob hyn a hyn fyddwn i'n mynd am sesh efo'r hogia heb Belinda, rhag bo fi'n ddiarth, ia? Dyma fi mynd i'r bar rêl llanc, yn taflu drws y bar ar agor fatha John Wayne yn mynd i mewn i salŵn. Ond yn lle croeso swnllyd yr hogia, bwrdd o gardia yn aros amdana fi a Frogit yn canu 'hen ferch hetan' nerth ei ben, y cwbwl welwn i o'dd llond lle o Bakistanis a dynion duon a cofis Coburn Street yn chwara darts a tebl-ffwtbol a'r jiwc bocs yn crynu gin sŵn. Godish i beint a gofyn i'r fodan lle ro'dd yr hogia. "Pwy blydi hogia?" medda hi. "Newydd ddechrau 'ma dwi." Dyma fi'n stagio o gwmpas a sylwi bod llunia Waldio Williams a DJ ei frawd wedi ca'l eu tynnu lawr. "Who the hell are they?" medda'r landlord newydd pan ofynnish i lle roddan nhw. Rhaid i fi gyfadda bo finna rioed 'di clwad am y ddau sgwennwr cynt chwaith ond mi ro'n i wedi dŵad

reit ffond ohonyn nhw'n gwenu o'r walia ar yr hogia'n ca'l peint ac yn edrach ar 'yn hola ni.

"Sti be, Dai Shop, ro'n i'n teimlo fel sgodyn ar dir sych pan esh i yno neithiwr. Do'n i ddim yn nabod y lle."

"Aye," medda Dai. "Wnest ti sylwi'u bod nhw hyd yn oed wedi tynnu'r Ddraig Goch i lawr o gefn y bar? Fel tasa nhw'n cyfadda ma' dim ond y Cymry Cymraeg sy'n Gymry o gwbwl!"

Methu'n glir â dallt pam o'n i, ia. Pam bysa'r dyn sy'n rhedag y lle mor wirion â throi'i drwyn ar fusnas? "Pa fusnes ti'n feddwl," medda Stan Crossroads, "ti'n erfyn i nhw gadw bar mowr fel 'na ar agor i lond dwrn o ni bob nos?" A dyma fi'n dallt bod yr Ely wedi mynd i lawr yn ofnadwy'n ddiweddar.

"Mae'r bai ar gachwrs fel ti!" medda Denzil Penniman, "ddim yn dod i'r Ely dim ond unwaith mewn lleuad las. A'r snobs sy'n mynd i'r Conway, a'r craze hyn dros ifed Brains, a'r blydi stiwdents sy'n gweithio fel blacs am 'u two twos pathetig ac yn dod mas am ddeg os y'n nhw'n dod mas o gwbl."

"Naddo, nath y bar ene yng Ngholeg Cyncoed fymryn o les i'r Ely," medda Frogit. "Thrafferthodd y cyw athrawon ddim dŵad lawr ene wedyn."

"Fi'n cofio pan rhaid oedd i chi wedi dod i'r Ely am chwech o'r gloch neu fyddai dim sedd ichi," medda Connolly a'i llgada fo'n llenwi. "Yn y blwyddyn ardderchog hwnnw 1969, aye, Dyniadon Ynfyd Hirfelyn Tesog. Roedden nhw'n canu yno bron pob nos, ti'n gweld, ac roedd yr awyrgylch yn ffantastig. Ond nawr beth yw'r pwnc? Ni ydy bai am marw New Ely."

O'n i'n teimlo'n uffernol bo fi wedi colli noson ddwutha'r Ely. Mae o fatha colli cnebrwn dy fêt ne'r 'Last Night of the Proms' ne' rwbath, yndi? O'dd gin i biti sobor drosd yr hogia ar y clwt fel hyn ond dyna fo. Does dim posib 'u cadw nhw lawr yn hir...

Wrth fynd o Grangetown i dre efo'r fodan ddoe y gwelish i Stan Crossroads. "Read the *Echo*, Bel," me fi, "while I talk Welsh to Stan, aye." Ro'dd hi'n grêt cael ar ddallt bod bywyd yr hogia ar 'i fyny.

"Ar ben 'yn digon, w," me Stan. "Ni'n cysylltu 'da'n gili ar y ffôn GPO sydd yn fflat Penniman. Ma'r lle fel exchange, w! A ni'n diseido o ddydd i ddydd ble ni'n mynd. Crwys bob nos Sul nawr cofia. Tavistock, Roath Park – ni'n mynd rownd nhw i gyd yn 'u tro ac yn cwrdd â'r locals. A fi wedi ffindo'r bar gwin newy' hyn, Qui Qui's. Ti wedi bod 'na? Choc-a-bloc 'da wejens w! W! W! W!," medda fo, a'i llgada fo'n gloywi.

"Ond mwy na 'ny. Gwrando ar hyn. Ma'n tafarn newy'n hunen 'da ni hefyd. Rhymney ar bwys y jêl. Tam' bach yn rwff ond 'na fe. Aye, ni'n cwrdda 'na bob nos Wener a nos Sadwrn. A ma'r gair yn dechre mynd o beiti erbyn hyn. Ma'r hen foi hyn o Skewen sy'n siarad Cymraeg yn whare'r piano yno ac wrth 'i fodd yn chware'r hen emyne. Ma' Cymdeithas yr Iaith yn bwriadu cael gwd noson werin yno rywdro mis hyn. Dere draw, w. Ma' ysbryd yr Ely eto'n fyw!"

"Pwy laddodd yr Ely? medda clycha y Rhymney," medda'r hen Sam Skewen wrth y piano un noson.

"Be – wyt ti'n fardd hefyd?" medda fi.

"Nagw i," mo, "ond mi o'dd Idris Davies! Call yourself a child of the sixties? So ti'n cofio'r Byrds yn canu 'Who Killed the Mynah said the Sad Bells of Blaina'? Idris poor dab! They do say he died of a broken heart Down Under!"

Cês, ia? I feddwl bod Sam wedi bod yn cicio'i sodla fan hyn ers blynyddoedd yn methu siarad Cymraeg efo neb tan i'r hogia'i ffendio fo.

Weithia pan fydda i'n ista hefo Belinda a'i ffrindia
Saesneg yn y 'Grange Hotel' yn ystod yr wsnos fydda
i'n cael pwl hegar o hiraeth am yr hen ddyddia a'r hwyl
gesh i yn yr Ely. Ma'r landlord yna wedi lladd rhwbath
grêt. Ond dyna fo, mi a' i draw i'r Rhymney 'ma nos
Wener am dro i chwilio am yr hen hwyl. Am 40c ellwch
chi brynu llyfr CAMRA: *Gwir Gwrw yn Ne Morgannwg*
ac mae'r pyb yna: 'Rhymney Hotel Adamstown – Large
Local. Occasional sing-songs round piano.' Does 'na
ddim gair am y New Ely yno fo o gwbwl.

Y Dinesydd, 1978

Wythnos Gron

*Yn dilyn yr hwyl gawson nhw yn Steddfod Aberteifi
ma' Steddfodwyr Pubyr criw'r cofis yn edrych 'mlân am
ymweliad arall â Steddfod yn y Sowth.*

*Eisoes bu George Cooks, Fferat Bach, Sam Cei, Bob
Blaid Bach, Marx Merthyr, Dai Shop, Connolly, Penniman,
Stan Crossroads a'r 'Dyn Dŵad' ei hun, Goronwy Jones, yn
paratoi cynllun wythnos o steddfota yng Nghaerdydd.*

*Bydd y Cofis yn aros gyda Gron a Belinda sy'n byw tali
yn Grangetown.*

Uffar o syniad da o'dd dŵad â Steddfod i Gaerdydd,
ia? Am y tro cynta 'rioed fydd dim rhaid i fi na hogia
dre gerddad milltiroedd yn honco bost i gyrraedd 'yn
tentia gefn nos. Cofiwch, dwi biti drosdach chi cofis
a fodins sy'n gorod campio eleni, achos mae'r maes
gwersyll yn ben draw byd filltiroedd o'r Steddfod a
mwy o filltiroedd byth o'r lysh agosa. Fyswn i ddim yn
betio magan chwaith y bydd ych petha chi'n dal yno pan
ddowch chi'n dôl. Ryffians ar diawl sy'n byw yn y stada
'na. Maesgeirchan Caerdydd, ia?

S U L

Fydd hogia dre yn dŵad lawr i Gaerdydd fora Sul ac yn
aros am wsnos hefo Belinda'r fodan a fi yn Grangetown.
Gawn ni ginio yn Asteys wrth y stesion – cinio dydd Sul

go-iawn am lai na sgrin, ia. Ma'r pybs ar agor o 12 tan 2 bnawn Sul, felly gawn ni un neu ddau yn yr Albert wedyn i olchi fo lawr.

"New Ely wedyn, ia Gron?" medda George Cooks.

"Dim ffiars o beryg, con'. Ma' nhw wedi troi'r Cymry allan ers misoedd. Welith y cachwrs yr un niwcan goch gin i na'r un Cymro arall eto." Yn y Rhymney yn ymyl y jêl fydd 'yn Steddfod ni'n dechra mewn steil. Yr unig beth sy'n cnoi'r hogia ydi bod nhw ddim yn agor tan saith ar nos Sul.

LLUN

Ben bora Llun rydan ni am 'i nelu hi am gae'r Steddfod i ffendio'r pybs gora a'r agosa at y cae. Dwi'n gwbod am bedwar lle i fyny fan'na. Post House, lle fydd miloedd o Orsaf y Beirdd yn aros – "Rêl crach," medda Marx Merthyr. Cadw draw o fan'na. Ma'r Unicorn yn pentra Llanedern jest drosd lôn o'r maes campio – 'blaw bod y lôn honno'n horwth o blydi motorwe swnllyd ma' nhw'n alw yn M4. Pyb newydd sbon yn ganol stad ydi'r Retreat a dydi'r Hollybush ddim yn bell. Pyb Brains ydi'r ddau. Dwi wedi mynd i leicio'r Brains Dark 'ma'n uffernol yn ddiweddar a chyn diwadd y Steddfod mi fydd hogia dre wrth 'u bodda efo fo hefyd.

"Be 'di'r TIT-o 'ma?" medda Fferat Bach.

"Ddim TIT-o ti'n ddeud on' TITO," me fi. Ma' Cymdeithas yr Iaith wedi meddiannu Tito's Club drw'r wsnos. Fan'no'r awn ni nos Lun i weld y Trwynau Coch. Pawb ond y pons Bob Blaid Bach 'na sydd isho gweld *Blodeuwedd,* drama Sonders Lewis, yn Theatr Bute.

Be ddeudodd Gwilym Bresus wrth Siwan tro cynta welodd o hi? "Ha-ia, Bute!" Jôc stiwdant gin Frogit ydi honna. Jôc rech, ia?

MAWRTH

Dydi Fferat Bach yn dallt dim am Steddfod ond mae o'n chwilio am fwci neith gymryd bet ar bwy sy wedi ennill y goron. Ddudodd 'na ryw foi chwil wrtho fo yn y Globe yn Fangor Ucha na Siôn Eirian sy wedi ennill.

"Pwy?" medda fi.

"Ti'n gwbod," medda Dai Shop. "Y boi 'na sy'n dŵad i'r Ely efo Frogit weithia. Ma' nhw yn Coleg Cerdda'r

Ddrama efo'i gilydd."

"Wyt ti'n gall, con?" medda fi wrth Fferat. "Hen ddynion mewn colar a thei sy byth yn twtsiad lysh ydi beirdd siŵr Dduw! Ma' Siôn Eirian yn un o'r hogia, yndi?" Idiot Fferat!

Am 'i fod o'n siarad Cymraeg – yn o lew eniwe – ma' Stan Crossroads 'yn mêt i'n cael dreifio un o'r bysys 'Dinas Caerdydd' i Bentwyn bob bora. Lifft am ddim i'r hogia. Fysan ni'n medru lyshio yn y dre siŵr iawn ond yn fan'cw fydd awyrgylch y Steddfod, ia?

Top Rank pia hi heno. Fuodd lot o'r hogia yn yr honglad yma o glyb i weld y rygbi ar y TV gaea dwutha. 'Prif Roc Prif Ddinas' ydi'r sioe efo Shwn a Doctor Hywel Ffiaidd, y Frankenstein hyll 'na sy'n canu am 'fflemio' a 'hwrio' a 'bwchio'. Fydd Fferat wrth 'i fodd.

Fydd Bob Blaid Bach wedi troi'n ddrama os na watshith o. Heno, ma' fo'n mynd i weld Y Tŵr gin Gwenlyn Parry, hogyn o Besda, yn y Theatr Newydd. Pyb yn Pwllheli ydi'r unig 'Tŵr' dwi'n nabod, ia.

MERCHER

Glywist ti 'rioed sôn am *Y Dinesydd,* papur bro Caerdydd, do? Mae o'n ddigon boring pan mae o'n dŵad allan unwaith y mis, ond 'leni ma' nhw'n mynd i neud *Dinesydd Dyddiol* a fydd rhaid i ni ddiodda fo bob dydd. O'dd Cen Cartŵn yn deud bod 'na 'docyn y wasg' i'w ga'l i bawb sy'n sgwennu iddo fo. "Mynediad am ddim am wsnos, myn uffar!" medda Sam Cei a'n hwrjo fi i gynnig ryw stori ne' ddwy i'r papur.

"So ni moyn ych teip chi man hyn!" gesh i gin y crinc 'ma pan esh i mewn i'r babell brintio i ofyn.

Dyna fo, 'u collad nhw ydi o, ia. Os na cha i 'docyn y wasg' mi fydd 'na docyn o hogia dre yn dringo dros y ffens a mynd i mewn am ddim eniwe.

Tito's eto heno i weld Edward H. a Hergest. Os fydd hi hannar cystal â'r reiat o noson gafon ni yn Llwyndyrys, Aberteifi, fydd hi'n iawn. Ma' Denzil Penniman a Marx Merthyr a Connolly, y Welsh Nashis mwya, yn mynd i weld sioe *Dic Penderyn*, boi o Ferthyr gafodd 'i grogi gin Saeson yn jêl Caerdydd. Os ydi Bob Blaid Bach am fynd i fan'na eto heno, geith o dalu am wely a brecwast yn y Theatr Newydd yn lle aros yn tŷ ni. Rydan ni wedi dechra laru ar y ffor' mae o'n llancio.

I A U

Rwsut neu'i gilydd ma'r newydd am y Steddfod 'di cyrraedd Grangetown. Ma' Belinda'r fodan wedi bod yn swnian am gael mynd i'r cae i weld yr Orsaf yn eu pyjamas. Ma' hynny wedi'i thiclo hi medda hi, felly fydd rhaid mynd heddiw i weld y gadair. Geith hi godi un o'r ffôns Saesneg HTV 'na i ddallt be sy'n digwydd. Fyswn i'n egluro wrthi'n hun taswn i'n gwbod.

Ma' Sam Cei wedi bwcio'i sêt yn Tito's heno ers wthnosa. Ma' fo'n Adferwr selog bellach ers Ysgol Basg Dinorwig ('na chi dwll o le) a Tecwyn Ifan ydi'i hîro mawr nhw. Dydi Penniman a Dai Shop ddim yn cytuno hefo Adfer, dim ond Adfer y Cymoedd, felly ma' nhw'n mynd i weld mwy o Hywel Ffiaidd yn y Clwb Letrig wrth stiwdio HTV.

"Lle ti am fynd nos Iau Steddfod, Bob?" me fi.

"Tua Arena'r Sherman dwi'n meddwl," medda Bob Blaid Bach, "i weld *Neb yn Deilwng* gin Aelwyd yr Urdd, Caerdydd."

"Culture vulture uffar," medda Fferat Bach ar 'i ffor' mewn i'r clwb. "Pwy uffar o'dd y Tito 'ma eniwe?"

"Tito?" medda Marx Merthyr. "Ef yw arweinydd Yugoslavia!"

"Pam ma' nhw wedi enwi clwb ar 'i ôl o?" medda Fferat. "Nath yr Hugo-slavs guro ni yn y ffwtbol, do?"

O'dd Fferat yn wyllt am Boycott-io'r clwb tan i Marx ddeud na Sais o'dd Boycott.

G W E N E R

Y peth ffantastig am y Steddfod yma ydi'ch bod chi'n medru mynd i fewn i'r nosweithia am 8 o'r gloch, a lyshio'n ddi-stop tan un ne' ddau o'r gloch y bora, heb orod traffarth mynd allan i gonsart ar hanner sesh na poeni am stop-tap 10.30.

Heno ma' Shwn yn y Clwb Territorial Army yn ymyl Arms Park. Eith Connolly ddim yno achos bod o'n casáu soldiwrs y cwîn. Lwcus bod Dafydd Iwan a Edward H yn chwara yn Top Rank heno, a mi geuthon ni sioc ar 'yn tina pan ddeudodd y Blaid Bach 'i hun bod o'n dod efo ni am lysh. Ro'n i'n meddwl bod 'na gatsh yn'i rwla – y Blaid Bach sy'n trefnu'r noson.

"Gymwch chi docyn, hogia? Bargan am £1.50. Bar tan ddau."

"Blydi selsman uffar," medda George Cooks.

Tro cynta i'r cwd fynd i lyshio efo'r hogia drw'r wsnos!

Heno fedrith pawb joinio'i gilydd yn Tito's achos ma' 'na Theatr Bara Caws yno. Does gin i ddim byd i ddeud wrth ddrama sych 'yn hun, ond ma' Bob yn gaddo bod y rhein yn laff iawn, yn rhegi ac yn deud jôcs budur a ballu. Theatr y Werin, ia?

Y boi sy'n neud y papur *Curiad* 'ma ddoth ata fi a gofyn i fi fyswn i'n fodlon sgwennu am Steddfod Caerdydd.

"Sut fedra i sgwennu am Steddfod?" medda fi. "Dwi'm wedi bod eto, naddo?"

"Iwsa dy ddychymyg!" gesh i. Ond trwbwl ydi sgin i ddim dychymyg o gwbwl. Cwbwl fedra i neud ydi mynd i lefydd a deud be dwi'n weld, ia.

Ond wedyn dyma fo'n deud bod 'na fags i ga'l... Digon i dalu am sesh ne' ddwy i'r hogia. Ceffyl da ydi 'wyllys, ia, chwadal Nain Nefyn...

CURIAD, 1978

Nadolig Gron

Edrych 'mlaen i dreulio Dolig adra'n G'nafron mae'r 'Dyn Dŵad'. Eleni ydi'r trydydd Dolig iddo fod yng Nghaerdydd a'r tro yma mae Belinda, ei fodan, yn mynd adra efo fo. Cafodd Bel ei chyflwyno i fêts adra Gron adeg Steddfod pan fuont yn aros yn y fflat yn Grangetown. Ma' tipyn o groeso yn eu haros...

"Pam na fysa chdi'n prynu potal o wisgi i fi fath ag arfar?"

Dyna gesh i gin yr hen go' llynadd pan brynish i dei draig goch a llyfr Hammond Innes iddo fo'n bresant Dolig. "Ti'n 'y ngweld i'n gwisgo hwn yn yr Eagles, co' bach? A pw' 'di'r crinci Ginnis 'ma sy'n sgwennu?"

Sent Channel No.9 gesh i'r hen fod. Brute ogla da Henry Cooper i Joni Wili 'mrawd a record Bob Dylan i Brenda'n chwaer.

"Ti'n trio deud bod ni gyd yn drewi ne' rwbath?" medda 'mrawd. "Be sy'n rong ar ddau gant o ffags as iwshal?"

"Wastio dy fags, Gron bach, ar sent bobol fawr uffar!" medda'r hen fod. "Gei di beth lyfli'n Wlwyrth Stryd Llyn am ddeg hog."

"Pw' 'di'r mwnci plastar hyll yma?" medda'r chwaer pan welodd hi'r record *Times They Are A' Changing*. "Blydi Sex Pistols o'n i isho, ia, ddim ryw hen sglyfath hen fatha hwn!"

Belinda

Dolig dwutha o'dd hynna. Trio prynu presanta dipyn bach gwahanol i fynd adra, ia. A be gesh i am 'y nhraffarth? Parch ci fel arfar. Rhyngthoch chi a fi, ia, Bel y fodan gafodd y syniada cachu 'ma i gyd. Dodd dim iws deud wrthi bod yr hen go'n darllan dim byd ond y *Mirror* a 'C'narfon Denbi' a bod Joni Wili'n gyndyn o 'molchi heb sôn am bonshio hefo splashio 'nialwch dan 'i gesal. Eleni dwi wedi rhoid 'y nhroed lawr – presanta call ne' ddim. Achos tro 'ma fydd Bel yn dŵad i fyny i dre 'cw dros Dolig a dwi ddim isho dim embaras.

Dim ond thyrtin ydi Brenda'n chwaer. Fengach na 'mrawd a fi o dipyn. A rêl hen bitsh bach annifyr ydi hi'n ddiweddar 'ma hefyd. Fydd raid iddi hi rannu'i rŵm hefo Bel drosd Dolig a tasa chi'n gweld y sterics gafodd hi pan glywodd hi am hyn. Ddim isho rhannu'i phosteri Johnny Rotten a Sid Viscious efo NEB, medda hi.

Blydi stiwpid deud y gwir bod Bel yn gorod mynd i rŵm wahanol i fi a ninnau'n rhannu'r un gwely yn Gaerdydd ers blwyddyn a hannar. Ond dyna fo. Raid i chi fod yn barchus pan 'dach chi adra'n Sgubs. A fydd o werth o er mwyn dangos hwyl y Dolig yn dre 'cw i Bel. Ma' Sam Cei wedi gaddo 'Wales of a Time' iddi hi ar ôl y croeso gafodd yr hogia yn lle ni drosd Steddfod.

Sam Cei
Yr unig un o'n mêts i'n dre sy'n gweithio llawn amsar ydi Bob Blaid Bach. Cownti Offisus, os gwelwch chi'n dda. Ma' nhw'n deud bod raid i chi berthyn i'r Blaid Bach cyn cewch chi job llnau bog gin Gwynedd bellach. Ar dôl ma'n mêts erill i ond dros Dolig ma' nhw i gyd yn ffeindio ffyrdd o wneud magan neu ddwy ecstra er mwyn cael dathlu'n gall. Nabio coed Dolig ydi lein Sam Cei. Ma' dal mecryll a lledan a'u gwerthu nhw i Saeson lawr cei yn chwyddo'r mags dôl yn yr ha' ond drosd Pas Llanbêr mae'r proffid amsar yma o'r flwyddyn.

Laff iawn llynadd pan ath yr hogia yn fan Sam i fachu hynny fedran ni o goed o ochra Capel Curig 'na. Fuo raid i Fferat a Bob Blaid Bach ista'n cefn o dan y coed nes oeddan nhw'n binna gwyrdd drostyn i gyd.

"Be ddiawl ti isho coedan Dolig eniwe?" medda
Fferat wrth Bob. "Mae'r badge Blaid Bach 'na sgin ti'n
ddigon o grusmas tri i neb myn uffar i!"

Adfer y Fro fydd Sam yn galw nabio'r coed 'ma. Pla
ar gefn gwlad ydi'r comisiwn coedwigo 'ma, medda fo.

George Cooks

Pan welish i George Cooks Dolig dwutha o'dd o mewn
uffar o hwylia drwg. Newydd gael 'i hel allan o dŷ ha'
yn Waunfawr lle o'dd o a dau hipi arall wedi bwriadu
treulio'r gaea.

"Ma' squatters' rights wedi mynd i'r diawl, Gron,"
medda George.

"Be uffar 'di'r ots, Cooks?" me fi. "Mae tŷ dy fam
lawr lôn 'na."

"Principles, Gron!" medda fynta. "'Ti'n meddwl bod
yr hen fod yn methu recogneisio hogla dôp pan ma'
hi'n clwad o? Ti'n meddwl fyswn i'n cario'r blydi post
'ma rownd dre fel hyn, parcels and all, tasa hi heb 'yn
fforsho fi? 'Wsnos o waith, Georgie boi,' medda'i hen
fod o, 'ne' gei di ddim blydi wel aros.'"

Ma' gin mam Cooks chwech o blant a'r unig dro
byddan nhw'n clwad gin 'u hen go' ydi cardyn Dolig o
Glasgow.

Fferat Bach

Pan o'n i'n siopio 'chydig cyn Dolig llynadd dyma fi'n
picio mewn i Nelson am stag. Wrth y lle Santa Clôs
yn gwaelod dyma rwbath yn gweiddi ar 'yn ôl i, "Y,
be, Gron!" Troi rownd a gweld neb ond y Santa'i hun.
"Be 'dach chi isho Dolig, 'ngwashi?" Fferat Bach, myn

uffarn i! Y Santa Clôs lleia welsoch chi 'rioed, ar goll dan filltiroedd o locsyn gwyn a choban goch.

"W! Mami! Siôn Corn!" medda ryw foi bach pump oed.

"Siôn Corn ddim yn dŵad 'leni, washi! Slej Santa 'di toli cofia," medda Fferat wrtho fo. O'dd y cid bach jest â byrstio allan i grio a dyma Fferat yn cymryd trugaredd drosto fo. "Ond ma' Santa wedi gofyn i yncl Jim Calan am fenthyg y Concord. Neith o'r job yn hannar yr amsar wedyn. Deud wrth mam am neud siŵr bod y corn simdda 'na'n lân, ia, ma' bol lysh Santa'n fwy na fydda fo, 'sti!" Dwi'n meddwl ella fydd 'na rei hogia bach yn stopio coelio yn Santa Clôs yn gynt na'r rhan fwya o blant.

"Dau dyrci 'di syrthio 'ddâr gefn lori, yli," medda'r hen go' un noson.

"Pa lori?" medda'r hen fod.

"Lori McNenemi," medda'r hen go'. "Be uffar ti'n feddwl?" Bob Dolig ers pan o'n i'n ddim o beth dwi'n cofio'r loris blêr 'ma'n gollwng tyrcwn ar Allt Segontium. Fuesh i'n 'i cherddad hi ganwaith pan o'n i'n hogyn bach jest rhag ofn bysan nhw'n gollwng 'wbath i fi. Ond neuthon nhw 'rioed.

Tyrcwn a wisgi a neilons a ffags, hancaitsh bocad gin taid Nefyn a phâr o sana gin Anti Mair Sir Fôn. Lysh yn Black Boy crusmas îf, parti yn yr Eagles noson Dolig a chwmpeini'r hogia i gyd yn y fargan. Ac os oes rywun isho gwbod be ma' Bel a fi isho'n bresant fysa dim ots gynnon ni gael Slumberland double-bed fatha sy'n Howells 'cw. Mae'r gwely singl gwichlyd 'na'n Grangetown yn rhy gyfyng i ddau.

CURIAD, 1978

Dat-Gron-Oli

Nid aeth helynt datgonnolly yn angof i'r cofi alltud Gron Jones. Ond gyda Stan Crossroads, Bob Blaid Bach, Belinda, Sam Cei, Selwyn Frogit a Gareth Connolly yn mwydro ei ben cafodd andros o job i benderfynu p'un a'i "IE" neu "NA" fyddai ei fôt. O'r diwedd gwnaeth bolied o Brêns yng nghwmni Boyo Williams a chlywad CLWYDDA A.S. o Went ei benderfyniad yn gwbl glir...

"Be ydi'r asembli 'ma felly, Stan?" medda fi wrth Stan Crossroads un noson yn yr Halfway. O'n i wedi clywad cymint o sôn amdano fo'n bob man ers mis nes o'dd 'y mhen i'n troi fel meri-goron. "Gesh i ddigon ar asembli yn Ysgol Segontium ers talwm."

"Nage'r twpsyn, nage asembli fel 'ny yw e. Home Rule, w! Hen bryd 'ed. Pam dyle Westminster weud wrth y Cymry beth i neud? Mae'n gwmws fel 'se Cymru'n goffod ware 'i gême cartre yn Twickenham bob blwyddyn. Gofala di foto o'i blaid e, gwd boi!"

Iawn iddo fo siarad. Be tasa'i fodan o yn dŵad o Loigar? O'dd Bel 'yn fodan i'n swp sâl wrth feddwl am y peth ac yn bendant yn 'i erbyn o. O'dd hi wedi cael yn 'i phen y bysa nhw'n 'i gyrru hi'n dôl i Swindon os fysa 'na asembli Cymraeg yn dŵad. "It's the slippery slope over Offa's Dick," medda hi wrtha i yn 'i dagra. Ar funud wan dyma fi'n deud bysa ni'n priodi a bysa hi'n bownd o ga'l aros yng Nghymru wedyn... Tycio dim.

Fysa hi wedi cachu arni hi i gadw 'i job o'dd y ffys nesa. Llnau yn Ysgol Fitzalan lawr lôn ma' Bel ar hyn o bryd ac o'dd hi wedi clwad gin un o'r Mrs Mops ma' dim ond pobol sy'n siarad Cymraeg fysa'n cael jobs mewn ysgolion. Ar ben hynny doedd hi ddim yn fodlon talu ffeifar yr wsnos i redag yr asembli. Deud gwir yn onast o'n i'n dechra casáu'r blydi asembli 'ma'n hun. Be fysa ryw dwll din byd o le lawr docs drosd ffordd i'r Casinos yn dda i gymharu â'r Houses of Parliment smart 'na yn Llundain?

DAT@OLI

29

Bob Blaid Bach

Ond o'dd Stan yn dal i nagio. Un pnawn dyma fi'n ffonio Bob Blaid Bach i Cownti Offisus yn G'narfon i ga'l y jen gin foi sy'n gwbod. Ffonio am ddim o Howells pan o'dd Huxley ddim yn stagio, ia!

"Y mae fy ngwefusau yn gaeedig," medda Bob. "Nid yw'r Blaid yn cymryd rhan flaenllaw yn yr ymgyrch hon nac am ymgysylltu'n ormodol â hi. Cyw'r Blaid Lafur ydyw."

"Bob," medda fi. "Gron sy 'ma 'sti. Gron bach o Gaerdydd. Dim y blydi BBC. Cwbwl dwi isho ydi dipyn o sens call."

"I bwy fotist ti tro dwutha?" medda Bob.

"Wigley Spearmint Gum," medda fi. "Ti'n gwbod bo fi'n dipyn o Welsh Nash erbyn hyn."

"Wel yr Arglwydd," medda Bob, "os wyt ti o blaid hunanlywodraeth siawns nad wyt o blaid y siop siarad bathetig yma."

Dyma fi'n sôn am be ddeudodd Bel.

"Gron, dwi'n gwbod nad oes gin ti ddim lot yn dy goco," medda'r cwdyn powld, "ond ti'n gwbod be 'di CLWYDDA? Wyt ti'm wedi clwad am y 'chwech rhech', Aelodau Seneddol fatha Leo Asteys a Nil Kinnock, a rheina sy'n gneud 'u gora glas i gadw Cymru'n daeog? Trio dychryn pobol ma' nhw efo anwiradd siŵr Dduw. Rhyngtha chdi a fi, fotia o blaid yr asembli!"

Sam Cei

Clwydda, ia? Diawlad slei! Ro'n i'n reit fodlon ar atebion Bob ac wrthi'n ecsbleinio i Bel yn y gwely singl bora trannoeth (tra noeth, ia?!) pan ddoth llythyr gin Sam Cei.

"Annwyl gyfaill alltud yn y fro Saesneg. Dim ond gair i ddeud na fydd yr asembli 'ma ddim mwy o werth i'r iaith na phisiad dryw bach yn Llyn Ogwan. Paid â wastio eiliad o dy amsar efo'r 'nialwch. Dysga Gymraeg i dy fodan. Well i ti o'r hannar. Wela i di'n y Fro. Sam."

Ddyn bach! Dwi'n gofyn i chdi. Pan ma' dy fêts Welsh Nash di'n methu cytuno efo'i gilydd be uffar ti fod i neud? O'dd Selwyn Frogit, y stiwdant clên, yn meddwl ddylswn i fotio o blaid ac ro'n i'n dechra swingio ffordd 'no wedyn, pan welish i Gareth Connolly yn y Crwys.

"Be 'di'r ferdict ar y Datgonnolly?" medda fi.

"Revolution not Devolution!" medda fynta mewn llais fatha hwtar stemar o'r docs. "Gwerin-deithiwr ydw i t'weld, nid free-stater. Take it down from the mast, Irish traitors, the flag we Republicans claim! Ceisio prynu ti a pob cenedlaetholwr mae'r datgonnolly hyn. Vote no, boi bach!"

Boyo Williams

Os gafodd pawb yng Nghymru gymaint o draffath â fi i gael sens o'r asembli 'ma dwi ddim yn synnu ma' fel 'na droiodd hi allan Dydd Gŵyl Dewi. Faint o fodins o'dd 'na drwy'r wlad i gyd yn gwneud llond 'u blwmars gin ofn fatha Belinda? Os ti ddim yn sicr iawn fotia yn erbyn jest rhag ofn, ia? Does gin pawb ddim mêt fatha Bob Blaid Bach i ddeud wrthyn nhw ma' CLWYDDA ydi hannar o. A ella bod gin bobol erill ormod o fêts fatha Sam Cei a Connolly sy'n mwydro'u penna nhw efo petha erill a'u drysu nhw'n lân.

Ddim 'yn mêts i berswadiodd fi yn diwadd ond boi na welish i 'rioed mono fo o'r blaen. Wedi bod lawr dre am lond bol efo Boyo Williams, dyn drws nesa, o'n i. O'dd Boyo'n arfar bocsio ac yn uffar o foi handi i'w gael yn fêt. O'ddan ni'n digwydd pasio'r cwarfod 'ma mewn neuadd a dyma ni'n troi'n trwyna rownd drws am stagan. Pwy o'dd 'na ond ryw gorrach o foi bach mewn siwt lliw piwc ar ben bocs sebon yn rhefru. A geshiwch am be? Am yr hogia Cymraeg sydd isho rhedag Cymru, isho fforshio pawb i siarad Cymraeg…

A! Hwn oedd y cew uffar sy'n sbredio'r CLWYDDA i bob man!

"That's Leo Asteys, boyo!" medda Williams. "Hates the Welsh, aye!"

Pan welish i horwth o 'NA' gwyrdd ar gôt hyll y sglyfath yma dyma fi'n penderfynu unwaith ac am byth ma' o blaid Datgronoli fysa Bel a fi'n fotio.

CURIAD, 1979

new sowth
walia

Galarnad Gron

*Mae wedi mynd i'r pen ar Gron. Wedi'r blas gafodd ar
Steddfota ers Ccricieth 1975 ofna taw diflas fydd Steddfod
C'nafron er y croeso a addewir gan Sam Cei a Bob Blaid Bach.
Mae Belinda'r fodan wedi ei adal. "And I hopes you dies an
alki," meddai ei nodyn ffarwel. Wedi methu joinio'r Fforin
Legion a'r S.A.S. mae'r cofi alltud yn bwriadu troi ei gefn ar
garpedi Siop 'Howells', Caerdydd, ac ymfudo… i Awstralia…*

"Gadal Cymru!" medda Bob Blaid, "be sy ar dy ben di,
co' bach? Ma'r Blaid angan dy bleidlais di fwy na 'rioed
ar ôl y lecsiwn dwutha 'ma."

"Ma' byw'n y Fro Susnag yng Nghaerdydd yn ddigon
drwg," medda Sam Cei, "heb sôn am fynd i Awstralia!"

Ond be 'di'r ots gynnyn nhw amdana fi? Dim ond
'fôt' a 'iaith' ydw i i'r Welsh Nashis. Dwi'n ben-dant
bo fi'n mynd i ddechra bywyd newydd. Anghofio am
Howells, am Brains, am y New Ely, am y Black Boy a
bob man. Ei gleuo hi o'ma i uffar. Be arall fedar boi 'i
neud pan ma'i fodan o wedi'i adal o?

Steddfod C'narfon fydd y Steddfod ddwutha wela
i am byth. Mae'n stagars i'n dyfrio fatha Swallow Falls
wrth feddwl am y peth. Dwi wedi yfad yn bob Steddfod
ers Criciath ond ma' rhaid i bob dim da ddwâd i ben.
A deud y gwir y Steddfod 'i hun ydi hannar y bai bod

Belinda wedi pacio'i chês ac wedi mynd adra at 'i
hen fod. Ddoth hi adra un pnawn yn ecseited i gyd:
Doris, sy'n llnau'r ysgol hefo hi, a'i gŵr isho i ni fynd i
Benidorm efo nhw yn yr haf.

Benidorm

Dipyn o dw-lal ydi Brendan, gŵr Doris, sy'n dy fôrio
di'n swp sâl pan wyt ti allan efo fo, yn sôn am 'i
alotment wrth y rêlwe drw'r blydi nos. Ond doedd dim
ots gen i fynd am ryw brêc bach i Sbaen nes clywish i'r
dêt. Pythefnos gynta'n Awst! Tria wanglo allan ohoni,
Gron Bach, medda fi wrtha'n hun. Pwmpio'r hogia
wedyn am bob math o ffeithia uffernol am Sbaen i drio
throi hi'n erbyn. Teiffoid, boms Basg, bwyd fforin, llai o
besetas am bunt; ond doedd 'na ddim troi ar Belinda,
do'dd hyd yn oed deud bod y Mediterranean yn llawn
cachu yn tycio dim.

   Doedd 'na ddim amdani hi yn y diwadd ond deud
yn blwmp ac yn blaen bod Steddfod dre wsnos gynta yn
Awst a deud 'no way' am Benidorm. Ac mi aeth petha'n
flêr, do? Ro'dd hi'n gwbod yn iawn am Steddfod ers
oesoedd ac y bysa'n rhaid i fi ddewis rhwng y Steddfod
a hi. Pan ofynnodd hi os na'r gair Cymraeg am 'booze'
oedd 'Steddfod' dyma fi'n cael y gwyllt. Iesu gwyn, mae
'na fwy mewn Steddfod na lysh, 'does hogia?

   Ond ma'r busnes lyshio 'ma wedi bod yn asgwrn
Cynan rhwng Bel a fi ers oes mul. Trio'ch cadw chi
lawr a stopio chi weld ych mêts a ballu. Arglwydd bach,
ddim am y lysh yn unig ma'r hogia'n mynd i'r dafarn,
nage? Ar y soffa buesh i am nosweithia wedyn a phan
gesh i 'ngwely'n dôl roedd o'n wag. Pan ddoish i'n dôl
o'r gwaith un noson roedd 'na nodyn rhwng y Mother's

Pride a'r botal lefrith ar fwrdd y gegin yn gorffan hefo'r geiriau cyfeillgar "And I hopes you dies an alki".

"Lwcus," medda Dai Corduroy, "taw byw tali oeddech chi. Gostodd e blydi ffortiwn i fi ga'l 'yn wasgariad, w. Ma' priodi'n fuddsoddiad grêt i fenywod dyddie hyn. Ma' dy wraig yn ca'l hanner popeth 'sda ti, t'weld. " Dyna'n union ddudodd George Cooks wrtha fi fisoedd yn dôl pan glywodd o bod fi'n cîn ar Bel. "Love 'em and leave 'em, ia," medda George, sy'n cysgu efo unrhyw blydi sgrybar hyll o hipi ddaw draw i Waunfawr o Lerpwl am weekend rhad a budur.

Ond roedd Bel yn class o fodan. Cofio pa mor prowd o'n i'n mynd â hi adra i Sgubs Dolig i ddangos i'r hen go' a'r hen fod. A rŵan dwi ddim hyd yn oed yn gwbod 'i hadress hi. Fuesh i'n disgwl bob nos am wythnosa iddi hi ddŵad yn dôl ond dwi'n gwbod na ddaw hi ddim bellach.

"Byw tali 'di gora!" medda George, "Elli di gadel nhw wedyn pan tisho."

"Blydi grêt, George," me fi. "Be sy'n digwydd os na nhw sy'n gadal chdi?"

Deud y gwir o'n i wedi mynd reit isal 'yn ysbryd ac yn hongian rownd y pybs o fora gwyn tan nos yn trio golchi pob llun o Bel o'n meddwl mewn galwyni o Brains S A. Bob man o'n i'n mynd yn Gaerdydd o'dd 'na rwbath yn 'yn atgofio fi ohoni. Yn sydyn un noson dyma fi'n cofio 'Luck of the Legion' yn yr Eagle.

Ers talwm, mi fydda'r hogia yn denig i'r Fforin Legion pan fydda'u fodins nhw'n rhoi chuck iddyn nhw. Dyma fi'n gofyn yn yr Army and Navy Stores sut o'dd joinio. Cael 'y ngyrru o fan 'no i'r Recruiting a chael ar ddallt bod 'na ddim ffasiwn beth â Fforin

Legion yn bod bellach. Ond roedd gynnon nhw'r union beth i fi. "Join the SAS, pal, and smash those friggin' Provos." Mae Connolly am riportio'r boi ddeudodd hynna i'r Race Relations.

Dai Corduroy ddaru awgrymu Awstralia. "Passage am ddim. Haul drwy'r flwyddyn. Foster's Lager. Jobs da i bawb. Dicon o le i anadlu. Elen i yfori oni bai'r blydi maintenance hyn a'r wraig a dou o blant sy'n dala fi lawr fel ball and chain."

"Be 'di'r matar arnach di'r blydi cangarŵ dwl?" medda Fferat Bach pan glywodd o 'mod i'n mynd i ffwrdd. "Tyrd yn dôl i dre 'ma, cew gwirion. Edrychwn ni ar d'ôl di. 'Di blydi fodins 'im werth o eniwe."

Ond o'n i wedi ca'l llond bol. Dwi wedi cyrraedd oed yr addewid – twenti wan – ac mae'n amsar i fi setlo 'mhroblema'n hun.

Yn ôl be dwi'n glwad does 'na ddim llawr o siâp ar dre 'cw erbyn hyn chwaith. Mae'r ardal rhwng Ysgol Rad (R.I.P.) a Twthill Vaults fatha tasa 'na fom wedi syrthio ar y lle a siopa'n cau fatha pys. Well i Sam Cei gau 'i geg am broblema 'cefn gwlad'. Beth am 'cefn dre'? Mae gin lot o bobol gwilydd dangos y lle i'r bobol ddiarth ddaw i'r Steddfod.

A pwy o'dd y cedors dwl benderfynodd bod dim isho maes gwersyll eleni? Lle uffar ma'r hogia i gyd i fod i gampio? Diolch i Dduw bod gin i a'n mêts yn Gaerdydd le i chwyrnu yn Sgubor Goch 'cw. Neith hi wsnos grêt, tan bnawn dydd Gwener pan fyddan nhw'n canu 'Unwaith Eto 'Nghymru Annwyl'. Y tro nesa fydda i mewn Steddfod fydda i ar y stej 'na yn canu a chrio efo nhw.

CURIAD, 1979

Degawd Gron: Poenau Tyfu'n Iob

Ar ôl cyfnod cythryblus yn gweithio yn adran garpedi Siop 'Howells' yng Nghaerdydd ers 1976 a charwriaeth dymhestlog gyda Belinda Slocombe a ddaeth i ben yn sydyn penderfynodd Goronwy Jones ymfudo i Awstralia.

Anfonodd garden bost o Sydney yn rhoi tipyn o'i hanes yn tyfu'n iob yn ei Gaernarfon enedigol yn y 70au. Ac mae'n amlwg mai go niwlog yw ei obeithion am yr 80au yng ngwlad y 'Fosters' Lager' a'r cangarŵs – "Be' yw'r 1980s i mi? Y?"

1970 – Dechrau gofidiau

Ar 'y mlwyddyn gynta yn Higher Grade o'n i ar ddechra'r sefntis. Gas gin i'r lle o'r dechra. O'n i'n dojo fatha pys ne'n cadw reiat pan o'n i mewn. Dwi'n meddwl na dyna pam na nesh i ddim sgolar. Y rheswm mwya o'dd George Grunwick, titsher o'dd yn cymryd ni'r twps am Inglish, Maths a Hist. Uffar o sioc deud gwir o'dd bod efo ryw gedor o Sais fatha hwn o'dd yn dy leinio di'n ddu las am y nesa peth i ddim ac yn darllen *Sporting Life* drw' hanner y lesyns.

'Skuba Gok' o'dd yr hogia'n galw fo achos dyna

fydda fo'n galw Sgubs. Ddaru fo adal – diolch i Dduw –
ar ôl dwy flynedd i gadw ffatri yn Llundain ne' rwbath.
Ond ddim cyn 'y nifetha fi. Dydi hogia dre heddiw ddim
yn gwbod 'u geni. Dydi Gwynedd ddim yn gadal sharcs
fel'na drwy 'i net heddiw, nadi?

1971 – Skins

Fel bysa Noddy Holder yn deud, ma' 'na lot o
wahaniaeth rhwng deuddeg a thirteen a buan ro'n i'n
fwy o jarff o'r hanner. Yr Hogia o'dd ffans penna Slade.
Ni o'dd 'Skinheads' dre efo gwalltia fatha brwshis
sgwrio, trowsusa halffmast, a sgidia hoelion mawr o'dd
gin yr hen go' 'cw yn yr atic ers pan o'dd o'n gweithio'n
chwaral Llanbêr. I gicio Pakistanis o'dd rhein yn da.
Ond do'dd 'na ddim Pakistanis yn dre 'cw. O'dd 'na
Chinese ond fedran ni ddim colbio'r Chinese yn hawdd
iawn ne' lle bysan ni'n cael swpar take-away nos Sadwrn
pan o'dd yr hen fod yn bingo Empire? Mi fydda 'na
rei Skins yn cicio penna hen bobol yn dipia, ond Skins
clên o'ddan ni, deud gwir. Arglwydd Mowr, be tasa'r
diawlad yn cicio Taid Nefyn, ia?

1972 – Pimples

Uffar o sioc un bora o'dd gweld 'y ngwynab yn blorod
drosto i gyd. Ro'n i mor hyll â thwll tin tyrci. O'dd gin
i gwilydd mynd allan ac esh i 'nghragan yn uffernol.
Deud dim byd yn ysgol ond cael rhyw deimlada rhyfadd
yn cynhyrfu drwydda fi bob tro eutha Meira Bach
Caeathro heibio 'nesg i. Weekend i fi o'dd cuddiad
yng nghysgod drws Astons yn dragio ffag bob yn ail
efo Twm Bach Crawia ac yn watshad pobol go-iawn yn

mynd heibio. Bob tro bysa 'na rwbath yn sbiad arnan ni fysa Twm yn gweiddi arnyn nhw fel dyn myll. "Tisho llun, cont? 'Ta lab tisho?" Os rwbath, ro'dd Twm yn hyllach na fi hyd yn oed. O'dd Radio Lux yn 'yn clustia ni drwy gyda'r nos ac ar y weiarles, diolch i Dduw, y clywson ni am y Clearasil bendigedig 'ma fysa'n clirio'n gwyneba ni fel tina babis.

1973 – Rhyw 1

Pymtheg oed yn '73 a 'rioed 'di bod yn sêt gefn Majestic. Ddim efo fodan eniwe. O'dd Rita Buckley yn 4D efo fi ac un nos Sad yn ganol Love Story dyma hi'n ca'l yr awch ac yn ista wrth 'yn ochor i "i ddangos i'r fyrjin soldier 'ma be i neud, ia, Glen?" "Cradle Snatcher Rita!" medda Glenda Robaitsh. Ond ddim 'y *nghradle* i nath hi snatchio ddeuda i hynny wrtha chi am ddim. Bora dydd Llun yn ysgol o'dd pawb wedi clwad am hyn. "Be gest ti, Gron?" medda Neville Siop Jips. "Llond tin o ofn," medda fi heb ddeud gair o glwydda. Ond ma' siŵr bod raid i bawb ddechra rwla.

1974 – Llwyddiant Academaidd

Heblaw bod y blydi Wilson stiwpid 'na wedi codi oed gadal ysgol fyswn i allan o'r Colditz 'na cyn hyn. Ond fuo raid i fi fel un o'r ROSLAS gicio'n sodla am flwyddyn arall. Gesh i sioc ar 'y nhin ym mis Awst pan welish i bod fi wedi pasio Welsh a Wood. O'dd 'yn Welsh i ddim yn bad o gwbl – medda fodan Welsh sy'n dŵad o Llanhuar – lot gwell na gweddill hogia Sgubs am bod yr hen fod yn dŵad o Nefyn. Yr unig reswm bashis i Wood o'dd achos bod Twm Bach Crawia wedi neud 'yn mortis an tenon i drosta fi yn y prac pan o'dd Rhys Rhech Wood yn torri plancia ar y lli letrig.

1975 – Rhyw 2

Sgubo ffatri Peblic ar ôl shifftia o'dd 'yn job gynta fi. Wyth sgrin yn 'y mhocad ond ar ôl rhoid ffeifar i'r hen fod faint o'dd ar ôl wedyn am lysh? Ella na choeliwch chi mo hyn, ia, ond gesh i 'rioed beint nes o'n i'n sicstin. Gesh i boteli o Strongbow yn Coed Helen cyn mynd i dansus nos Wener yn Feed my Lambs, dwi ddim yn deud, ac ambell i Babycham o gwmpas cocktails yr hen fod cyn mynd i'r Oval ar bnawn Sadwrn, ia, ond dim lysh go-iawn tan Steddfod Cricieth.

Fan'no gesh i 'medyddio fel tae. Dwn i'm be ddiawl o'dd o ond o'dd saith peint ohono fo'n ormod i mi. Y peth nesa dwi'n gofio ydi deffro'n crynu fel jeli yn rhannu cŵd cysgu efo rwbath. Ar ôl Steddfod fuesh i'n 'y ngwely am wsnos efo ffliw. Ddim ffliw o'dd hon ond Siw. Siw o Dre-fach Felindre. Ti'n cofio Gron, del? O'dd yr hen Rita Buckley 'im byd i gymharu efo hon!

1976-79 – Ar Ddisberod
Gweler *Dyddiadur Dyn Dŵad*. Bargen am £1 gan Gyhoeddiadau Mei. Copi neu ddau yn dal i hel llwch yn Siop Eric. Gellir anfon eich copïau i gael eu llofnodi yn rhad ac am ddim at G. Jones, c/o Salvation Army Hostel, Sydney.

[*Beth am yr 80au, Gron?* Gol.]
Reuter o Awstralia
Ers pan adawodd Belinda Slocombe fi dwi wedi byw fel mynach, heb dwtsiad lysh na dim arall ers misoedd. Mi weithish i 'mhasej yma ar stemar. (Imigration yn gwrthod 'y nghymyd i. Duw a ŵyr pam ond dyna fo.) Fa'ma efo dim ond gwely, bwrdd a Beibl dwi'n gweld 'mod i wedi gneud ffŵl llwyr ohona fy hun yn sgwennu amdana fy hun yn Gaerdydd. Mae Taid Nefyn, sy'n flaenor hefo'r Annibynwyr, wedi mynd yn fusgrell cyn 'i amser a Brenda'n chwaer yn gwadu bod hi'n perthyn i mi o gwbwl. Be ydi'r 1980s i mi? Y?

CURIAD, 1979

OK Okker 'Na Fo

Dyn yr ymylon yw'r Dyn Dŵad a phobol yr ymylon sy'n ei ddenu. Ond bu ond y dim i'r creadur grwydro o'r ymylon tuag at y dibyn wrth gwrdd ag Okkers, Sydney... "Wyt ti'n meddwl bod Dennis Lily a Greg Chapel yn bonsus?" gesh i a nhwtha'n galw'r Pommies yn bopeth dan haul ac yn pledu 'u penna nhw efo peli chwilboeth. A wir Dduw dyna lle'r o'n i'r dwrnod wedyn ar 'The Hill' – 'Kop' neu 'Grange End' yr Aussies – yn stagio ar y Test Match...

Dipyn o sioc ar fora Dydd Llun cyn mynd i dy waith yn Sydney, Awstralia, ydi ca'l airmail gin dy hen fod yn deud bod institiwtion pwysica dre C'nafron am ga'l ei gau lawr. Ffatri Peblic Mills o bobman, lle gesh i'n job gynta 'rioed. Dim ond brwsho lloria o'dd hi dwi'n gwbod, a do'dd hi ddim patsh ar be sgin i rŵan yn heirio deck-chairs i'r crach ar Bondi Beach, ond ro'dd o'n rwbath amser hynny i gadw tin rywun o'r dŵr. Mae gin bawb 'i sentimentals, does? A ma' job gynta pawb yn bwysig iddo fo.

Un cwestiwn nesh i 'rioed feddwl 'i ofyn pan o'n i'n gweithio yn Peblic – yn ganol digon o lwch i haeddu cymaint o gompo â chwarelwrs Dinorwig – o'dd pwy ydi'r Bernard Wardle 'ma sy bia'r ffatri? Ryw blydi Pom mi fetia i. Dwi wedi dysgu lot am y Poms ers pan dwi'n ben draw byd 'ma. Ma' hogia Sydney 'ma yn casáu

Saeson yn fwy na Sam Cei a Gareth Connolly efo'i gilydd. Convicts ydi hogia Awstralia i gyd a wnân nhw byth anghofio na'r Saeson anfonodd nhw yma Down Under.

Gang o Rafins

Ond gymrodd hi sbel i fi ddŵad i nabod yr Awstralians go iawn. Gynta gesh i rŵm yn y Salvation Army 'ma dyma'r hogyn yn llanc i gyd yn cychwyn i chwilio am New Ely New South Wales. Tybad lle ro'dd yr hogia i gyd yn yfad? Bownd o fod llond lle o Gymry yma ne' i be uffar fysan nhw'n galw'r lle yn hynna? Wrthi'n pwdu mewn pyb coman o'n i pan ddoth 'na gang o rafins mwya ryff welsoch chi ers Gang Llanbabo i fewn i'r lle. Dyma un ohonyn nhw ag uffar o slap i fi ar 'y nghefn nes o'dd 'y nghwrw fi'n ffrothio fel soda pop tu fewn i fi.

"Awright cawber?" medda'r basdad hyll gan wbod yn iawn bod fi ddim.

"Watsha 'mheint i, con'," medda fi a dyma fo'n sbiad yn gam arna fi.

"You're not a ffrigin' pom are you, fella?" medda fo. "Hey chaps, we've got a real live Pommie Bastard with us right here!"

Ddeuthon nhw i gyd rownda fi fatha indians rownd wagon-trên a dechra 'mhwnio fi a gneud hwyl am 'y mhen i. O'dd gin i ddau ddewis, crio ne' ga'l y gwyllt. Yn sydyn dyma eiria dwutha Sam Cei yn dŵad yn ôl i fi – "Cofia di, co' bach, lle bynnag ei di, paid byth anghofio pw wyt ti. Nefer forget you're Welsh, ia?"

Pomigranat

A dyma fagu plwc o rwla a sgrechian "Ffag off, you Inglish basdads!" drosd y pyb a cau'n llgada mewn gweddi. O'dd hi'n gymaint o sioc i'r hogia yma ga'l 'u galw'n Saeson euthon nhw'n ddistaw i gyd ac o dipyn i beth dechreuon ni siarad yn gall. Dyma fi'n ca'l ar ddallt ma' Sais ydi Pomigranat a dyma nhwytha'n dysgu na nid Saeson ydi hogia ni. O'ddan nhw'n gwbod am Werddon ac am Sgotland ond am Wales? "Wales

– where the friggin' 'el's that?" Twp ydi rhai pobol, ia?
So dyma fi'n dechra'u rhoid nhw ar ben ffordd. Os oes
'na New South Wales ma' raid bod 'na Old South Wales
hefyd, dallt? A dyma'r hogia'n dechra twigio.

Bansi-Bons

'Okkers' o'ddan nhw'n galw'u hunan. Gang fatha'r
'Haliwrs' a'r 'Rafins' sy'n ymfalchïo mewn bod yn
goman. O'ddan nhw'n fflemio'n waeth na Fferat Bach.
Buan o'ddan ni'n ffrindia penna a dyma nhw 'y ngwadd
i i'r cricet trannoeth. Gas gin i'r gêm bansi-bons uffar,
medda fi. "Be?? Wyt ti'n meddwl bod Dennis Lily a
Greg Chapel yn bonsus?" gesh i, "Ma' Dennis a Greg
yn galw'r Pommies yn bopeth dan haul ac yn pledu'u
penna nhw efo peli chwilboeth!" A wir dduw dyna lle'r
o'n i dwrnod wedyn ar The Hill sef Kop neu Grange
End yr Aussies yn stagio ar y Test Match. O'n i'n gwisgo
crys 'I Hate Poms', yn yfad Foster's Lager trwy'r dydd
ac yn taflyd y cania gwag at Saeson fatha Boycott
sy'n ddigon dwl i ffildio ar y bowndari. Sgimish i glust
chwith y cedor unwaith. Gora Cymro oddi cartra, ia.
Ella bod 'yn sbelio fi ddim cystal allan yn fa'ma ond
ma'n ysbryd anti-Sais i yn cryfhau bob dydd. Dwi am
sgwennu postcard i Connolly i ddeud wrthyn nhw adra
am ddechra'r Welsh Re-'Peblic'-an Army, i edrych ar ôl
ffatri Dre, ia.

Curiad, 1980

Joni Abo

Dyn yw dyn dros y byd i gyd. Boed Aborijini neu Gymro Cymraeg, y brodorion sydd wastad 'Down Under' yn Awstralia hefyd... Fydda Joni'n diflannu am wsnosa weithia, doedd neb yn gwbod i ble. I dir breuddwydion, medda fo, i chwilio am y chwedla...

Ar y cei yn Darling Harbour nesh i gwarfod Joni Abo a neuthon ni glicio'n syth bìn. Ista ar gapstan yn yfad potal o lagyr o'dd o, a deud y gwir wrtha chi o'dd hi'n union fatha taswn i'n stagio ar negatif ohona fi'n hun mewn gwydr. Y ddau ohonon ni fatha hadyn a gafaelion yn cicio'n sodla fan'na, fatha pysgod allan o ddŵr. Mop o wallt mawr ar benna'r ddau ohonon ni: un fo'n ddu bitsh a f'un inna gyn gochad ag Ayres Rock, ia? Fedra Joni ddim ca'l lliw haul achos bod o mor ddu: fedra inna ddim chwaith achos na Cochyn India dwi. Dim ots faint dwi'n to-heulo dim ond brychni dwi'n ga'l bob amsar.

"Olreit, mêt?" medda fi, ond ddudodd Joni ddim byd. Tydi pobol wyn ddim yn arfar deud dim byd wrtho fo, medda fo, dim ond amball i 'ignorant savage' dan 'u gwynt wrth basio. O'n i'm yn siŵr be i neud ohono fo ar y dechra: do'dd o ddim yn fodlon gwenu na dim byd. Ond wedyn, mwya sydyn, dyma fo'n cynnig swig o'i botal Foster's i fi ac o'n i'n gwbod bod o'n hen foi iawn.

Newydd gyrraedd Awstralia o'n i ac o'n i'n sgint jest

â bod, felly o'n i'n chwilio am joban, do'n? O'dd Joni'n deud bod Bondi Beach yn lle da am jobsus mags-yn-dy-law adag yna o'r flwyddyn, a gesh i fachiad yn heirio deck-chairs i'r twristiaid 'ma, do? O'n i'n meddwl ella bysa Joni'n ca'l joban run fath â fi ond dim ffiars o beryg. Basdad o foi o'dd y bòs. O'dd o'n iawn efo fi, cynnig i fi gysgu yn y cwt yn agos i'r traeth a bob dim, ond o'dd o ofn bysa Joni yn dychryn y plant, medda fo.

O'dd Joni'n casáu byw yn Sydney ond do'dd gynno fo ddim dewis ond symud o'r wlad ar ôl i'r ffarmwrs mawr 'ma nabio'u tiroedd nhw a'u hel nhw i ffwr' i reservation fatha Indians, ia. O'dd gin i gydymdeimlad mawr efo fo achos dwi'n cofio sut o'n i'n teimlo pan

symudish i i Gaerdydd. Cerddad lawr Queen Street
yn teimlo fatha'r Midnight Cowboy yn bympio mewn i
bawb o'dd yn cerddad i 'nghwfwr i. Co' dre ydw i, dwi'm
yn deud, ond ma' well gin inna drefi sy dipyn bach yn
llai hefyd, ia.

"You know about Wales, aye?" medda fi wrth Joni.

"Yeah – Grand Slam!" mo.

Byd yn fach, yndi? O'dd o'n gwbod bob dim am
Gareth Edwards a … Gareth Edwards a rheina. Deud y
gwir yn onast o'dd o'n gwbod mwy am dîm rygbi Cymru
na fi!

O'n i'n cîn iawn i Joni wbod mwy amdanon ni fel
pobol, am 'yn hiaith ni a ballu.

"Can you speak your own spoke, Joni?" me fi.

"Only in my dreams…" mo.

Fydda fo'n diflannu am wsnosa weithia, doedd neb
yn gwbod i ble. I dir breuddwydion, medda fo, i chwilio
am y chwedla…

Ddudodd o stori wrtha fi am hen fodan o'r enw
Truganini. Swnio fatha Cymraes, yndi? Ond o Tasmania
oedd hi'n dŵad, cyn i'r Saeson 'i chipio hi a gneud iddi
weithio fatha conciwbein ar un o'u blydi llonga nhw.
Fan 'na buodd hi am flynyddoedd maith ond mi a'th
yn rhy hen i neud y job yn diwadd. Doedd hi ddim yn
werth wastio chwanag o sea-biscuits arni ac mi gafodd 'i
gwllwn yn rhydd. Pan a'th hi'n ôl i Tasmania gath hi sioc
ar 'i thin. O'dd pob Aborijini o'dd hi 'rioed wedi nabod
wedi diflannu o'r tir. Dyna i chdi be ydi bod yn unig go
iawn, ia. Truganini o'dd yr unig Tasmanian brodorol ar
ôl yn y byd.

"Ever heard of Islwyn Ffowc Elis?" medda fi wrth Joni.

"Yeah, I know the guy!" medda Joni.

Ddudodd Dai Shop wrtha fi ryw dro bod Islwyn Ffowc wedi gweld y dyfodol a'i fod o wedi dychmygu na hen ddynas roedd Nowi Bala'n hen, hen daid iddi fysa'r ddwutha yn y byd i siarad Cymraeg... Ond dyna fo. Petha morbid uffernol ydi beirdd bob amsar, ia?

Digwydd gweld yr ad 'ma yn papur nesh i, yn deud bod 'Sydney Welsh Society' yn cyfarfod yn yr hotel 'ma yn dre unwaith y mis. 'Esu bach! Pwy fysa'n meddwl, ia? Ti wastad yn landio ar dy draed, Gron bach, medda fi wrtha fi'n hun, meddwl am yr hogia Cymraeg, y mêts yfad newydd fyswn i'n 'u cwarfod pan euthwn i yno. Fedrwn i'm gwitiad am y noson, o'n i'n deud wrth Joni, a phan ddoth yr amsar esh i â fo efo fi yn naturiol.

Sôn am siom! O'dd yr hotel yn grandiach na'r Hilton ac o'dd pob un o'r 'Cymry' yn twangio Susnag yn waeth na Martha Morris 'stalwm. Oeddan nhw i gyd yn edrach fatha'r diawlad mast-media 'na o'dd yn llenwi bar y Royal adag Steddfod Genedlaethol Caernarfon a'r Cylch, ac mi fethish i eto ffendio neb o'dd yn patro Cymraeg.

"O's 'na rywun yn siarad Cymraeg 'ma, oes?" medda fi wrth y boi 'ma.

"Ah! How quaint," mo. "You must be the folk-singer!"

Chesh i'm tshans i wadu achos mi ddoth Joni Abo allan o'r bog ac mi neidiodd y boi yn glir.

"Sorry mate! No Abos," mo.

"Abos?" me fi. "Joni's as Welsh as you and me!"

"Nos da! Da iawn diolch," medda Joni.

"Look!" medda'r boi, gan anwybyddu Joni'n llwyr. "I'm very proud of my heritage. Carmarthen area, actually. But we simply don't do the boskin thing or no-good boyos, either!"

"Joni is my personal chauffeur," me fi. "I'm partially-sighted, see. Sorry! Did I step on your foot?"

Mi sathrish ar gyrn y basgiad nes oeddan nhw'n canu 'Hen Wlad Fy Nhada' a dyna lle'r oedd Sydney Welsh yn udo fatha dingo chwil wrth i Joni a finna 'nelu am y bar.

"Ha-ia, cowber!" me fi wrth y barman syn. "We're doin' a spot of Welsh Black and White Minstrels. Whiskey please – just leave the bottle and put it on expenses!"

Waeth befo am y cwmni, os ydi'r lysh am ddim! O'dd Joni a finna wedi drachtio'n ddyfn iawn i'r botal wisgi ac o'ddan ni'n dechra enjoio'n hunan go iawn. Ond wedyn wrth gwrs o'dd 'na bris i dalu, doedd? Dyma'r gola'n mynd lawr a'r spot-leit yn disgyn arna fi!

"Ladies and gentlemen," medda cadeirydd y gymdeithas, "Will you please welcome our guest singer this evening. From Melbourne, the up and coming Celtic entertainer, Mr Harvard Jenkins-Hughes!"

Chwsu chwartia, llyncu 'mhwyri. Fedar yr hogyn ddim canu nodyn, na fedar? Ond o'dd o'n ddigon chwil i drio! Gana i'n Gymraeg trw' nos, medda fi wrtha fi'n hun. Ma' hi'n bwysig taro'r nodyn iawn, yndi, hyd yn oed os wyt ti allan o diwn. Ond ar ôl dwy lein ddigyfeiliant o 'Unwaith eto 'Nghymru annwyl, rwyf am dro ar byth barhad…' dyma'r boi 'ma efo gitâr – y canwr gwerin go-iawn – yn taro'i ben trw' drws a dyma pawb yn gweld trwydda fi.

"Impostor!" medda ryw gwd hyll o'r gornal.

"Chuck him out!" medda rwbath arall.

"He's not Welsh!" medda rwbath arall eto, "He can't even sing!"

Un sâl ydi'r hogyn am ffendio atab clyfar yn enwedig pan mae o'n ca'l 'i heclo gin lond lle o New Sowth Welians, ond yn sydyn fatha gola fflashlamp yn pics Majestic, ers talwm dyma 'na leins glywish i gin Wil Sam yn Steddfod Cricieth yn dŵad yn dôl i fi:

"This place is like Butlins," medda fi. "Only open for the Saeson. If you are Wales, speak Wales!" me fi, gan swingio ar y shandy-lier ag o'na.

Dwi wedi teithio rownd y byd yn grwn, ia, ond dio'm ots lle'r ei di, na 'di? Snobs ydi snobs yn Awstralia fatha bob man arall. Be fedar hogia fatha Joni Abo a fi neud, ia, ond trio cadw'r chwedla'n fyw?

1980

y mast
media

Mae Guinness Stori

Cyfweliad papur newydd

Pan gafodd straeon y Dyn Dŵad eu gwahardd o'r Dinesydd ym 1977 cafodd yr awdur gynnig cyhoeddi cwpwl o'i straeon yn Ar Daf, papur y myfyrwyr. Erbyn i Gron ddychwelyd o Awstralia roedd cyn-olygyddion y papur hwnnw wedi llwyddo i gipio awenau'r Dinesydd gan ei droi am gyfnod byr iawn, iawn yn Dinesydd Darpariaethol, papur nad oedd am unwaith yn ei hanes yn gwasanaethu'r dosbarth canol yn unig. Am y rheswm hwn, a'r rheswm hwn yn unig, y cytunodd y Dyn Dŵad i gynnal cyfweliad ecscliwsif â hwy…

Wnei di sôn ychydig am dy gefndir?
Gesh i 'ngeni yn C & A Bangor yn 1958 pan nath Bolton guro Man U yn y cyp ffeinal. Nath yr hen fod 'y ngalw fi ar ôl Goronwy Roberts, MP, achos bod o wedi ffendio job i'r hen go' ar Crosville pan gafodd o sac o chwaral Llanbêr. Labour oedd dre i gyd ers talwm tan i'r Blaid Bach ddŵad rownd Sgubs un diwrnod pan o'n i'n llai a throi pawb atyn nhw efo badges a sticers a caneuon Dafydd Iwan a ballu. Blaid Bach 'di Maffia dre bellach. Gei di ddim byd os wyt ti ddim yn Wigli. Ydi hynna'n ddigon?

Beth yw'r rheswm am dy gasineb at fyfyrwyr?
Fysan nhw ddim yn rhoid 'u cachu i chdi, dyna pam.

Dwi 'di rhoid menthyg mags i ddwsina ohonyn nhw.
Pa fags fydda i'n ga'l pan fydda i'n gofyn amdano fo'n
dôl? Gobaith mul mewn Derby sgin ti o ga'l niwcan
goch o din yr un ohonyn nhw. Oes arna *chdi* rwbath i
fi? O'n i'n siarad hefo'r dyn tacsi 'ma noson o'r blaen.
Wedi stwffio chwech stiwdant mewn i gefn tacsi i'r
Casablanca medda fo. Dim ond pedwar sy fod ond
gneud ffafr efo nhw, ia? Wyt ti'n meddwl gafodd o
sentan gynnyn nhw am 'i draffarth? Ffwc o beryg.
"Short arms, long pockets, dem tight-arsed North
Walians, all de same!" "Ddim pawb, dyn du," medda
fi a rhoid chweig o dip iddo fo er mwyn cadw enw da'r
Gogledd.

*Ond heb fyfyrwyr fuasai 'na fawr o lewyrch ar fywyd
tafarnol Caerdydd.*

Nhw sy'n sboilio fo tasa chdi'n gofyn i fi. Ar y cychwyn,
ro'n i a'r hogia'n ca'l nosweithia bach digon hwyliog yn
yr Halfway ond be ti'n feddwl sy'n digwydd rŵan? Blydi
stiwdants uffar a'r snobs HTV 'ma yn llenwi'r lle fatha
tun o sardîns...

Pam felly wnest ti gyfrannu at bapur y Coleg?

Do, roish i bejan i *Ar Daf* am y ffordd nath Bel a fi
gwarfod yn Le Mans dydd Gŵyl Dewi. Dim ond achos
bod y *Dinesydd* 'ma wedi banio fi hefyd, cofia. Does gin
i ddim byd i ddeud wrth stiwdants a fyswn i ddim yn
codi bys bach i helpu dim un ohonyn nhw ar wahân i
Frogit y stiwdant clên, a dydi hwnnw ddim yn stiwdant
bellach chwaith. Blydi arcitect ydi o rŵan. Ti'n nabod
o? Iesu, mo 'di newid.

Faint o wirionedd oedd yn straeon 'Y Dyn Dŵad'?

Os na 'dyn nhw'n wir, ia, sut fyswn i'n medru'u sgwennu
nhw? Yndyn, siŵr Dduw, ma' pob un wan jac yn wir.
Be fysa Denzil Penniman a Connolly yn ddeud, heb sôn
am neud i chdi, os bysa chdi'n deud clwydda amdanyn
nhw? Y?

*Ond fe greaist ti helynt gyda'r capeli a phobl ddylanwadol
y ddinas. Oedd hyn yn peri loes iti?*

Dwi ddim yn siŵr iawn bod fi'n dallt be sgin ti rŵan 'de,
co', ond dwi'n meddwl ella ma' hyn. Ti'n cega 'mod i'n

pechu'n erbyn penna bach a phobol fawr Caerdydd? OK. Hyn dwi'n ddeud, ia. Pam na pobol fawr sy'n controlio bob dim? Ma' nhw'n controlio'r *Dinesydd*. A dyna i chdi bapur uffernol o boring ydi hwnnw. Ma' nhw'n controlio llyfra Cymraeg, a welist ti 'rioed rwbath mwy sych grimp na rheiny, ddyn bach?

Ddeuda i hyn wrtha chdi, ia. Ma' 'na bobol yn dre 'cw sy wedi darllan llyfr Cymraeg am y tro cynta yn 'u bywyd ar ôl i lyfr yr hog ddŵad allan. Brynodd yr hen fod fo a'i fenthyg o i Leusa Parry Gas No. 10. A'th gŵr honno â fo i Ferodo a rhoid 'i fenthyg o i ryw foi o Felinheli. Y diweddara ydi bod o'n mynd o gwmpas ffatri sosej Roberts, Portdinorwig ac yn rhoid laff iawn i'r hogia'n fan'no uwchben te deg. Ma' copi Sam Cei'r Abar yn dipia jest, gymaint o bobol fuo'n 'i fodio fo ac mae o ar goll rwla yn Bethesda ar hyn o bryd.

Os ti ishio i'r hogia ddarllan Cymraeg, sgwenna rwbath ma' nhw'n ddallt am bobol go-iawn, ddim ryw falu cachu uffar.

Un peth sy'n ddryswch imi, Gronw, yw'r modd y daeth yr erthyglau'n llyfr.
Paid â 'ngalw fi'n Gronw, 'nei di? Enw hyll! Fel hyn o'dd hi. Brôc yn y Casino un nos Sadwrn. Gwydyr gwag o 'mlaen. O'dd gin i bris peint o Brains ond ti'n gwbod y ffortiwn ti angan i brynu hannar yn y Casino. Dyma'r boi 'ma o Groeslon draw ata fi a chynnig peint. "Dallt bod chdi'n sgwennu straeon budur," medda fo. "Straeon gwir," medda fi, meddwl bod o'n bowld braidd. Erbyn gweld, dyn gneud llyfra o'dd y boi Mei 'ma, a dyma fo'n gofyn imi fyswn i'n licio gneud un.

"Fedra i ddim fforddio talu i chdi," medda fi, dechra ama ma' rhyw fath o salesman o'dd o, yn prynu lysh i mi er mwyn trio hwrjio'i lyfra arna fi. "Y *ni* fydd yn talu i *chdi*, siŵr Dduw," medda fynta. A dyma fi'n dechra sylweddoli bod y Mei 'ma'n foi da ar y diawl.

Wel, Goronwy, mae hi wedi dod yn amser cau pen y mwdwl unwaith yn rhagor, rhoi'r ffidil yn y to, dod i ben y dalar ac i derfyn y rhawd. Oes 'na unrhyw bwynt y carech chi ei wneud cyn cloi?

Fyswn i'n licio rhoid rhybudd i bawb bod *Dyddiadur Dyn Dŵad* jest iawn allan o brint. Dim ond deg niwc ydw i'n ga'l am bob un: ma' gofyn ca'l gwarad o bedwar llyfr cyn gneud pres peint. Felly gwnewch yn siŵr o'ch copi rŵan hyn, ia? Dwi braidd yn sgint ar ôl dŵad yn ôl o Awstralia. Fysat ti'n meindio prynu peint o Guinness i mi?"

Y DINESYDD, 1981

Degawd Y Dinesydd, 1973–83

Cyfraniad Gron i'r rhaglen o ddathliad ar Radio Cymru

Erbyn hyn roedd Y Dinesydd, papur bro hynaf Cymru yn dathlu ei ben-blwydd yn ddeng mlwydd oed. Gwahoddwyd golygyddion a cholofnwyr y papur i gyfrannu i raglen deyrnged i'r papur ar Radio Cymru. Yn anffodus, nid oedd rhai o'r cyfranwyr wedi darllen y mân brint ar gytundeb y BBC cyn cytuno i ddod ar y rhaglen...

MID INTERVIEW: ALUN WILLIAMS MEETS GORONWY JONES...

ALUN: ... diolch yn fawr i'r golygyddion am
             eu cyfraniad clodwiw i dwf a pharhad
             yr hen bapur annwyl. Mae lle iddyn
             nhw yn oriel yr anfarwolion oll ag un.
             Ond yn awr at rai o'r cyfranwyr... Mae
             gen i ddyn gyda fi man hyn fu'n dipyn
             o ddafad ddu yn hanes *Y Dinesydd*.
             Goronwy Jones, 'Y Dyn Dŵad', diolch i
             chi am droi miwn...

GORONWY: Wâst ar amsar lysho 'sat ti'n gofyn i fi,
             ond dyna fo... Pwy 'di dy ddafad ddu di,
             con'?

ALUN (yn ysmala): Wel, Goronwy, he he he, nid y
             chi o'dd y gŵr mwya poblogaidd yng
             Nghaerdydd pan o'ch chi'n sgwennu
             colofn 'Y Dyn Dŵad', ife?

GORONWY: Pobol sy'n nyts 'de, co'? Trio smalio bod
             y Cymry i gyd yn byw fatha seintia a
             nhwtha ddim!

ALUN: Ie, ie! Ond ma'n rhaid i chi gyfadde taw
             llyfyr digon coch o'dd *Dyddiadur y Dyn
             Dŵad*...

GORONWY: O'n i'n darllan yn *Lol* Steddfod na digon coch o'dd dy lyfr ditha hefyd! [Yr oedd Alun newydd gyhoeddi llyfr o'i atgofion – Gol.]

ALUN: Ie, ie, da iawn! 'Wy i'n gweld nag yw'r hen hiwmor crafog wedi pylu dim. 'Whare teg i chi! O's cyfrol arall 'da chi ar y gweill?

GORONWY: Be ti'n feddwl ydw i – sycyr? Wyt ti'n meddwl bo fi'n enjoio ca'l 'yn hambygio gin grachach y brifddinas? Trio helpu'r papur bro nesh i a cha'l parch ci am 'y nhraffath!

ALUN: Ie, ie! Ond dŵr dan y bont yw 'na i gyd nawr, ontife? Dyma ni yn dathlu'r degawd gyda'n gilydd yn un gymdeithas glòs gytûn man hyn. Do's bosib bo chi'n dala dig yn erbyn *Y Dinesydd*?

GORONWY: Wedi laru ca'l 'yn snybio ydw i, yli! Dwi'm yn byw 'ma bellach, ia, ond dwi newydd ga'l stag ar y rhifyn diweddara gin Cen Cartŵn. Sbia ar hwn, ddyn bach. "Croeso i ryw grinc o S4Cheque – wedi symud o Gyncoed i rwla mwy posh byth," meddan nhw fan hyn...

ALUN: Ie, ie, ond onid dyna yw swyddogaeth

papur bro? Lledaenu newyddion y gymdeithas...

GORONWY: Gwitia i mi ga'l gorffan, 'nei di? Faint o groeso yn dôl i Gaerdydd gesh i ar ôl dwy flynadd yn Awstralia? Dim blydi lein, naddo?

ALUN (*yn bryderus*): Gan bwyll nawr, Goronwy! Ni'n fyw ar yr awyr, cofiwch. Ni'n gwerthfawrogi'n fawr ych bo chi wedi troi miwn heddiw. Mor belled â bo ni'n watsho'r araith nawr, ontife?

GORONWY: Be ti'n feddwl 'araith'? Pwy sy'n poeni am hynny, eniwe? Neb ond y crachach 'ma sy'n trio torri diwylliant yr hogia allan o betha...

ALUN: Ie, ie! O'r gore, 'te! Falle taw chi sy'n iawn. Y Bobol Bia'r Cyfrwng, ys gwedon nhw. Dyma'ch cyfle chi i ga'l gweud ych gweud. Beth fydde'ch neges chi i'r *Dinesydd* ar eich dychweliad?

GORONWY: Dwi'n sbio i fyny at olygyddion y papur, 'sti – fyswn i'n licio i chdi wbod hynny, 'de. Ma' raid bod hi'n job anodd uffernol achos ma' nhw wedi ca'l tua hannar dwsin o olygyddion gwahanol mewn deng mlynadd!

ALUN: Y'ch chi wedi cwrdd â'r golygydd newydd?

GORONWY: Nag 'dw i! Be 'di enw fo, Ali Dryslwyn ne' rwbath, ia? [*Aled Islwyn, y nofelydd – Gol.*] O'n i'n dallt bod o'n sgwennu nofela a ballu. Elli di'm bod yn gul os ti'n sgwennu nofela na fedri: all human life is here, ia? Gobeithio gofith o hynny wrth neud *Y Dinesydd*, a newid 'i enw fo i 'Papur Pawb', ia?

ALUN: Goronwy, ga' i fod y cynta i'ch llongyfarch chi ar gadw cystal gra'n ar ych iaith ar ôl eich alltudieth yn Awstralia?

GORONWY (*yn ddryslyd*): Y?

ALUN: So chi wedi colli dim o'ch Cwmrag y'ch chi?

GORONWY: Be oeddat ti'n ddisgwl i mi neud? Adal o ar ôl ar Bondi Beach ne' rwbath? Tydi'r Cofis byth yn colli 'u Cymraeg, 'sti. Lle ti'n feddwl dwi'n dŵad – Llanelli ne' rwbath?

ALUN: Ie, ie! Da iawn nawr. Arabedd y Cofi, ontife? Co da am Richard Huws y Co'

Bach 'slawer dydd. Y'ch chi'n golygu teithio 'to, 'te?

GORONWY: Dwn i'm. Pam?

ALUN: Byddech chi'n gaffaeliad mowr i'r rhaglen. Bydd rhaid i chi gysylltu 'da ni ar *Alun yn Galw* os ewch chi bant 'to.

GORONWY: Ia, iawn! Diolch i ti am y cynnig. Fyswn i'n medru gneud efo dipyn o fags deud gwir wrthat ti. Faint 'dach chi'n dalu?

ALUN (gan chwerthin): Ie, ie! Da iawn.

GORONWY: Be sy? Pam ti'n chwerthin? Faint o fags ga' i am hyn rŵan? Sgin ti syniad?

ALUN: Sori?

GORONWY: Fyswn i'n licio 'i ga'l o yn 'yn llaw, achos dwi isho mynd am beint, yli…

ALUN: Ma'n flin 'da fi. Chi wedi camddyall. Bydd y BBC yn cynnig rhodd anrhydeddus i'r *Dinesydd* wrth gwrs ond so unigolion yn ca'l eu talu ar raglen deyrnged fel hyn, chwel!

GORONWY: Be?

ALUN: Llafur cariad yw e, ontife? Gwmws fel *Y Dinesydd*.

GORONWY: O ia? Deud ti! Ma' siŵr bo chdi'n ca'l dy dalu, twyt?

ALUN: Ie, wel...

GORONWY: Dyna fo 'ta! Crinci uffar! Iawn i rei, yndi? Ar y dôl ydw i, 'sti...!

ALUN (*ar binnau*): Gan bwyll nawr, Gron, w! Ma'r genedl yn grondo...

GORONWY: Bygra'r genedl! Ddudodd Cen Cartŵn wrtha fi byswn i'n ca'l 'y nhalu! (gan weiddi i'r cefn) Cen Cartŵn, y ff**** b****** u****! Lle mae o wedi mynd? Ladda i'r ff**** c*** clwyddog pan wela i o, reit?!

EMERGENCY CUT

LLAIS: Mae'n ddrwg gennym am y trafferthion technegol. Dyma ychydig o gerddoriaeth...

RADIO CYMRU, 1983

Y Co' Bach (MK II)

HANES DARLLEDU DYDDIADUR DYN DŴAD AR
'Radio Cymru'

*Roedd y Co' Bach – sef Richard Huws (sgriptiau Gruffudd
Parry) – yn arwr cenedlaethol ar radio sain yn ystod y
pum degau a'r chwe degau. Cymeriad annwyl a diniwed:
delwedd ramantaidd o'r Hen Walia oedd yn ffitio bydolwg
cenedlaetholdeb swyddogol y cyfnod fel maneg. Gwrtharwr
go hegar yw'r Dyn Dŵad, cymeriad na chafodd un dim
erioed ond parch ci gan y sefydliad. Nid oedd Goronwy
Jones yn ystyried ei fod yn deilwng o ddaffod creia
sgidia'r Co' Bach tan un noson yn y Black pan ddaeth
cynhyrchwraig fach bolshi o'r BBC i mewn a gwneud cynnig
na alla'i gariad mo'i wrthod...*

"Wyt ti isho rwbath arall i yfad?" medda fi wrth Peggy
Wyn yn y Black Boy un nos Wenar. "Na, dwi'n iawn,
'sti. Dos di!" medda Peggy.

"Fedra i'm mynd i nunlla heb fags," medda fi. "Sgin
ti fenthyg ffeifar ga' i?"

"Blydi hel!" medda Peggy. "Be ti'n feddwl ydw i?
Hole in the wall ne' rwbath?"

O'dd Peggy'n gweithio yn Wlwyrth, Stryd Llyn, ac
o'n inna ar y dôl, felly be fedrwn i neud, ia?

"Paid â phoeni!" medda fi wrthi. "Mi ddaw'r llong i

SEEN AND HEARD IN WALES

Gadael tre

Dyddiadur Dyn Dwad
Iau 12.35
Radio Cymru

BU CYMRU'N gyfarwydd â
iaith ac acenion y *cofi* er
dyddiau'r rhyfel pan glywid y
Co Bach ar y radio'n sôn am
'fuwchods yn byta blew cae,' a
phethau felly. Y *cofi* yw'r
gwerinwr o Gaernarfon sydd yn
siarad tafodiaith y mae pawb
ond pobl Caernarfon ei hunan
yn tybio ei bod yn 'iaith y dre'.

Wedi ichi gael y ddelwedd o
werinwr o'r fath, meddyliwch
mewn difrif amdano'n cael ei
anfon i Gaerdydd i ddod wyneb
yn wyneb, nid yn unig â
dieithrwch y lle ond hefyd â
sefydliadau a Chymry sydd y tu
hwnt i'w ddeall, heb sôn am eu
derbyn. Yna mi fyddwch yn
barod i wrando ar y gyfres
newydd **Dyddiadur Dyn Dwad**.

Dychmygwch yw'r cymeriad
Goronwy Jones ('Gron' i'w
ffrindiau) sydd yn colli ei waith
mewn ffatri yng Nghaernarfon
ac yn symud, dan gynllun y
llywodraeth ym 1976, i weithio i
gwmni mawr yng Nghaerdydd.
Ond nid ffug o gwbl yr atgasedd
dychanol a geir yn y dyddiadur.
Fe'i cyhoeddwyd yn gyntaf
fesul mis ym mhapur bro
Caerdydd, *Y Dinesydd*, nes
cythruddo llawer o Gymry
blaenllaw y ddinas.

Mae Gron (os caf ei alw yn
Gron) yn gymeriad gwahanol
iawn i'r Cymro oddi cartref y
mae'n hoff gennym ei
ddychmygu. Bu yng
Nghaerdydd unwaith cyn
gorfod mynd yno i weithio; nid i
weld gêm rygbi ond i dryforio
yn yr hyn a elwir yn lled
gyffredinol yng Ngwynedd yn
lysh, sef y ddiod feddwol. Mae'n
chwarae darts mewn tai tafarn,
a chardiau am bres.

Yn y dyddiadur, trwy ei
hiwmor (fydd yn chwithig i rai)
fe fflangellir mwy nag un
sefydliad sydd yn annwyl i'n
calon, ond y mae'n adlewyrchu
agwedd llawer o bobl ifainc
sydd mewn difrif wedi mynd i
fyw i brifddinas Cymru.

T. GLYNNE DAVIES

mewn ryw ddwrnod."

"Dwi wedi clwad honna o'r blaen," medda Peggy. "Pwy long? Blydi Teitanic?"

"Dodwch e'n ôl yn ych poced!" medda ryw fodan posh wrth y bar. "Fy rownd i yw hon!"

"Sowth Wêls, ia?" medda fi, nabod 'i hacen hi'n syth bìn.

"Bangor Ucha ers blynydde nawr!" medda hitha.

"O, ia? Gweithio'n y coleg ydach chi, ia?" medda fi.

Ma' 'na ryw gedors gwirion o'r adran Gymraeg yn galw heibio'r Black bob hyn a hyn i weld os ydi'r cofis ifanc yn dal i ddeud 'ciaman' a 'niwc a mag' a ballu. Stydio'r hogia fatha tasan nhw'n exhibits mewn expedition ne' rwbath, ac o'n i'n meddwl na un o rheiny o'dd hi.

"Na, na, na! Gwitho yn y BBC odw i," medda hi. "Drama, Radio Cymru."

"Peidiwch â phoeni!" medda fi. "Dwi'n siŵr gewch chi rwbath gwerth gafal ynddo fo cyn bo hir."

"Sa i'n gwbod os y'ch chi'n cofio, ond wy i'n credu bo ni wedi cwrdd o'r bla'n. Bues i'n siarad 'bytu platform-shoes a tank-tops 'da chi yn y Casino yng Nghaerdydd."

Be ma' hon isho rŵan? medda fi wrtha fi'n hun. Ond to'n i'm yn mynd i wrthod lysh am ddim, nag o'n? Gath Mons a Wil Napoleon a rheina lysh rhad am flynyddoedd ar gownt *The Inn of the Sixth Happiness* ers talwm. Sixth Happiness, myn uffar! O'dd yr hogia yn 'u seithfed nef, toeddan?

"Be sy'n mynd 'mlaen fan hyn?" medda Peggy o'dd

71

yn dechra ama bo fi'n tshatio fodins i fyny wrth y bar.

"Sori!" medda'r BBC. "O'n i'm yn gwbod bo cwmni 'da chi... Beth y'ch chi moyn i ifed?"

"Ma' Peggy'n iawn, w'chi..." medda fi.

"Trebl jin, plîs!" medda Peggy ar 'y nhraws i. Chwara teg iddi hitha hefyd, pan 'dach chi'n ca'l cynnig na fedrwch chi mo'i wrthod, fedrwch chi mo'i wrthod o, na fedrwch?

"O'n i'n gobitho byddech chi 'ma heno," medda'r BBC wrtha fi. "'Wy i'n ffaelu'n deg â'ch ca'l chi ar y ffôn..."

"Cyt-off ers tri mis, be ti'n ddisgwl?" medda Peggy'n sych.

"'Na fe, 'sdim ots! O'n i'n meddwl taw yn ych ail gatre byddech chi!" medda'r fodan. "Gwedwch 'tho i, pwy mor dda ych chi'n nabod Richard Huws?"

"Pwy?" medda fi.

"Y Co' Bach, ontife!"

"Ma' 'na lot o Gofis bach yn byw'n dre, 'sti!" medda fi.

"Dewch 'mla'n nawr! Pidwch siarad dwli! Chi'n bown o fod yn gyfarw'dd â'r Co' Bach o'dd yn adrodd y straeon 'na ar y wireless slawer dydd. 'Cyw buwch yn byta blew cae' a phethach!"

Dyma fi'n troi cloc 'y mrêns yn ôl i Ben Llŷn ers talwm ac yn cofio Nain a Taid Nefyn yn sôn yn hiraethus am yr hwyl fydda 'na ar y weiarles ar nos Sadwrn. Home Service, ia? Noson Lawen a ballu. *Teulu'r Siop*: ryw gomedi sefyllian efo boi o'r enw Jac o'dd yn gneud bôls o bob dim fatha Fferat Bach... O'dd y Co' Bach

yn arfar adrodd penillion gwirion ac yn malu cachu
amdano fo'i hun a'r Hen Fodan a Wil 'i fab twp a ballu.
Ond toedd 'na ddim weiarles yn y Black Boy, nag
oedd? O'dd gin yr hogia go-iawn betha gwell i neud ar
nos Sadwrn hyd yn oed yn y pum dega!

O'dd Peggy Wyn mor bôrd o'dd hi wedi sincio'i
threbl jin yn barod, a deud y gwir yn onast o'dd y fodan
'ma'n dechra mynd ar 'y mrêns inna hefyd.

"Sori, fedra i mo'ch helpu chi," medda fi. "Cofi Hen
Walia o'dd y Richard Huws 'ma, ia? Ma' nhw'n prysur
ddiflannu dyddia yma, w'chi. Diolch i chi am y drinc…"

"Sefwch funed bach!" medda'r fodan. "Sa i wedi
bennu 'to."

"Ddim Cofi go-iawn ydw i, 'sti," medda fi. "Dyn
dŵad ydw i."

"Yn gwmws!" medda'r fodan. "Moyn trafod *Dyddiadur Dyn Dŵad* odw i!"

Mwnci Nel! medda fi wrtha'n hun. O'n i'n meddwl bo fi wedi clwad diwadd hynna bellach. O'n i wedi gadal Caerdydd ers blynyddoedd, wedi bod rownd y byd a bob dim i drio anghofio am yr helynt gesh i yn y brifddinas. O'n i'n dôl yn dre ers sbel, o'n i'n canlyn, ac yn byw yn ddi-sôn-amdana'n hapus braf fan hyn. Peth dwutha yn y byd o'n i isho o'dd rwbath yn trespasho yn 'y local i a'n atgoffa fi am y dyddia drwg...

"Peidiwch mynd! 'Wy i moyn neud cynnig i chi!" medda'r fodan.

"Dwi'm isho gwbod, del," medda fi.

"Ma'n rhaid i chi," medda hitha. "Ma' fe'n ddyletswydd arnoch chi. Er mwyn treftadaeth lenyddol y genedl!"

"Gwitia funud bach! Gin ti ffan fan hyn, Gron!" medda Peggy gan gydio yng nghwnffon 'y nghôt i.

"Ffan-blydi-tastig!" medda fi, "gwllwn', 'nei di?"

"Ma'n rhaid i chi'n helpu fi," medda'r fodan. "Ma'r hen do yn y BBC yn 'yn hala fi'n benwan. 'Babi Sam yw'r Bi Bi Si' ... 'Oes Aur darlledu Cymraeg' ... 'So nhw'n cynhyrchu cymeriade fel 'na heddi...' Bla-di-blydi-da... Ma' pob oes yn cynhyrchu'u cymeriade'u hunen, on'd yw hi? 'Se'r jawled dwl ddim ond yn sylweddoli 'nny!"

"Wyt ti'n OK, del?" medda fi, dechra teimlo biti drosti. "Wyt ti isho brandi ne' rwbath?"

"Sori!" medda'r fodan. "'Wy i'n teimlo'n gryf iawn

'bytu hyn. Ma' ishe creu pont rhwng y cenedlaethe. 'Wy moyn i chi gwrdd â'r Co' Bach. 'Wy moyn i chi gydnabod eich gilydd, yn eich tebygrwydd, yn eich gwahaniaethe… 'Wy moyn i chi ga'l llwyfan ar y BBC!"

O'n i'n poeni amdani go iawn erbyn hyn. O'n i'n i gweld hi'n ca'l ei 19th Nervous Breakdown, chwadal y Rolling Stones.

"Paid â bod yn wirion!" medda fi wrthi. "Dwi 'di bod ar weiarles unwaith o'r blaen a gesh i'n 'nhorri ffwr' am regi!"

"So chi'n dyall!" medda'r fodan. "Ma'r o's wedi newid. Ma' deng mlynedd crwn wedi mynd heibio. 'Wy moyn darlledu *Dyddiadur Dyn Dŵad* yn gyfres o chwe rhaglen hanner awr ar y radio…"

FADE TO BLACK

Fi gafodd y brandi yn diwadd, a phan ddoish i ata'n hun, dyna lle'r oedd Peggy a'r fodan wrthi'n trafod telera hawlfraint y llyfr, ffioedd y sgriptia a ballu…

"Ti'n mynd i fod yn selebriti!" medda Peggy.

"Dwi'm isho bod yn mwnci selebriti," medda fi.

"Sgin ti'm lot o ddewis, mab," medda Peggy fatha double-agent oedd wedi 'mradychu fi. "Ma' arna chdi dri chan punt i fi. Dyma'r unig jans sgin i i ga'l o'n dôl!"

* * *

Pan wyf yn hen a pharchus
Ac arian yn fy nghŵd
A phob beirniadaeth drosodd
A neb yn bod yn rŵd…

O'n i'n gwbod yn iawn sut o'dd yr hen Cynan yn
teimlo bellach… O'n i'n cerddad allan o'r stiwdio
efo'r cynhyrchydd, newydd fod yn gwrando ar doman
o actorion yn darllan 'yn llyfr i'n uchal ar y weiarles.
Peth peryg ar y naw ydi anniversaries, ia? Ma'r mast-
media mor cîn ar ddathlu 'degawd' a ballu. Ma' petha
sgwennoch chi ddeng mlynadd yn dôl bownd o ddal i
fyny efo chi yn diwadd.

"Be o'ch chi'n feddwl o'r cynhyrchiad, 'te?" medda'r
fodan.

"Da iawn," medda fi'n ysu am fynd o'na. "Ydach
chi'n gwbod y ffor' i'r Menai Vaults?"

"Pidwch mynd," medda hi. "Ma' syrpreis 'da fi i chi.
Fel ma' hi'n digwydd bod, ma' Richard Huws miwn 'ma
heddi!"

O'n i'n cachu plancia'r holl ffor' i'r cantîn. Teimlo
rêl impostar, dyn dŵad fatha fi, ar 'yn ffor' i gwarfod
super-hero'r oes aur, co' dre go-iawn o'r Hen Walia ei
hun… Ond erbyn i ni gyrradd o'dd o wedi mynd gan
adal 'i banad ar 'i hannar. Yr agosa ddoish i 'rioed at
gwarfod y Co' Bach o'dd gweld y stêm yn codi o'i goffi
fo.

1986

Scenario Dyn Singl

Sgript ffilm

Yn sydyn, o rywle, dechreuodd trydydd person ymyrryd yng ngwaith Goronwy Jones…

   "Malu cachu uffar!" medda Gron a thaflu'r sgript i'r bin. "Pwy uffar ydi'r trydydd person 'ma?"

SCENE 1   *(Llanberis Pass: exterior: day)*

Safai Sais plygeiniol ar Ben-y-Pas yn
syllu ar ambiwlans Awdurdod Iechyd Gwynedd
yn nadreddu'i ffordd i fyny'r dyffryn.
Roedd haenen ysgafn o eira wedi sefyll ar
y ffordd ac roedd pinaclau balch Eryri
dan gaddug o boptu'r cwm ond doedd tipyn
o erwinder tymhorol yn mennu dim ar
benderfyniad y Sais i ddringo hyd lethrau'r
Grib Goch yn ôl ei fwriad. Syllai i lawr
drwy'r niwl tua Nant Peris a Chastell
Dolbadarn yn y pellter yn hollol a chyfan
gwbwl anymwybod o'r ffaith mai yn y parthau
hyn ym mherson Owain Glyndŵr y digwyddodd
ac y darfu annibyniaeth byrhoedlog Cymru
(1400-1410). Chwe chan mlynedd union yn ôl
i eleni. Doedd hynny o hogia oedd ar ôl yn
y Nant erioed wedi anghofio hynny.
(MONTAGE SEQUENCE OF CASTLE AND SNOWDONIA)

SCENE 2   *(Ambulance: interior: day)*

Gwyliai'r claf yn yr ambiwlans ei
annibyniaeth yntau'n diflannu fel Castell
Dolbadarn yn y cefndir. Y cwbwl a welodd
o'r dringwr oedd anorac goch yn gwibio
heibio'r ffenest gefn. Dros fwlch Llanberis
â nhw, a newidiodd y tywydd yn llwyr fel
y gwnâi mor aml. Bore hyfryd o Ragfyr a
gellid gweld yr Wyddfa a'i chriw yn eu holl
ogoniant yn banorama claerwyn o Ddyffryn
Mymbyr. Doedd dim dwywaith mai o ochrau
Capel Curig fan hyn y gwelid y mynyddoedd
ar eu gorau. Trodd yr ambiwlans am Betsy,
yr A5 a Mynydd Hiraethog.

SCENE 3　　　　　*(Council house: exterior: day)*

Hanner awr wedi pump yr un noson roedd Sam
Cei'r Abar wedi galw am Goronwy Jones yn ei
gartref yn Sgubor Goch. Roedd wedi gadael
y Black Boy am dri, wedi hwylio rhyw fath
o sgram iddo fo'i hun ac wedi cysgu yn y
gadair o flaen y tân nwy tan amser agor.
Lawr i'r Eagles i ddechrau'r noson. Yr un
oedd y patrwm wedi bod ers oes pys. Ond
heddiw am ryw reswm doedd neb wedi gweld y
ffyddlonaf o'r llymeitwyr, yr hwn a elwid
Goronwy. Joni Wili, ei frawd, agorodd y
drws. Roedd y ddau hen lanc yn byw efo'i
gilydd ers i'w mam ddilyn eu tad i fynwent
Nant Peris ryw ddwy flynedd ynghynt.

"Ydi Gron yma?" medda Sam wrth Joni Wili.

"Na 'di. Ma'n nhw wedi mynd â fo drosd
Pas."

Dim ond un ystyr oedd i'r dywediad hwn ar
lafar gwlad. Roedd Gron yn Denbi yn dal pen
rheswm efo Doctor No yn y Lardy Lysh.

"O'dd o'n OK neithiwr," medda Sam.

"Mae o'n iawn pan mae o'n chwil," medda
Joni Wili. "Pan mae o'n sobor mae o'n honco
bost."

"Och! Heddiw'n dilyn heddiw'n dilyn
ddoe!" chwedl R. Williams Parry. Roedd ddoe
wedi dal i fyny efo Gron ac roedd echelydd
y creadur yn hollol a chyfan gwbwl chwil.

SCENE 4 *(Quayside, Caernarfon: exterior: day)*

Tŵr yr Eryr, Caernarfon. Symbol o ormes y
Sais. Caernarfon oedd un o geyrydd olaf
y Gymraeg yng Ngwynedd. Yn ôl y disgwyl
roedd y trefi wedi para'n well na chefn
gwlad. Roedd Llydawyr a Gwyddelod, lle
roedd yr ieithoedd brodorol wedi hen farw
o'r tir fel ieithoedd naturiol bob dydd,
wedi'u syfrdanu bod y Gymraeg yn dal yn fyw
ar dafod leferydd mewn rhai o dafarndai
Caernarfon a hynny ymysg pobol mor ifanc â
hanner cant.

Anglesey Arms ar y Cei, lle roedd Jim
Bara Saim wrthi'n adrodd 'Llanfairpwllgwyng
yllgogerychwyrndrobwyllllantysiliogogogoch'
gan boeri'r cytseiniaid caled a gollwng
glafoerion Celtaidd er mwyn i'r Saeson
ar y bysus Waltons gael hollti'u bolia'n
chwerthin am ei ben.

"Thank you very much, sir," medda Jim
wrth i'r sylltau o ddiolchgarwch ddylifo i
mewn i'r cap wrth ei liniau, a chyn iddo
yntau erchi i'r sylltau hynny fod yn litr o
gwrw llwyd.

"Gleua hi o'ma'r taeog!" medda Sam Cei.
"Mae gin yr hogia waith i neud!"

Roedd Goronwy Jones a Sam Cei'r Abar
hwythau wedi gwneud ceiniog neu ddwy yn
ystod yr haf drwy ddweud straeon celwydd
golau gerbron camerâu pobol ddiarth y
media-id a'r press-iaid ar Gei Caernarfon.
Roedd S4C yn dal i gynhyrchu rhaglenni fel
ffatri sosejys Dewhurst Master Butchers,
Portdinorwic. Roedd olew yn Saudi Arabia,
roedd gan y Swistir ei watsys; dim ond

stampiau post oedd gan San Marino ond roedd
diwydiant teledu yng Ngwalia Wen. Fyddai'r
Gymraeg byth farw bellach - roedd hynny'n
saff. Roedd brwydrau bourgeois dirifedi
wedi'u hennill, roedd sail economaidd
gadarn i fodolaeth y dosbarth canol
Cymraeg ac roedd rhwydwaith cymdeithasol
ac addysgol wedi ei hen sefydlu. Ond mewn
ystafell dywyll rywle yn Aberystwyth
roedd yr Academi Gymreig wedi cadarnhau
mai'r gair Cymraeg am 'genocide' oedd
'gwerinladdiad'.

SCENE 5 *(Hospital grounds: exterior: day)*

Yr Wyddfa - yn ôl eithafwr Cymraeg chwerw
megis Sam Cei'r Abar - oedd cenedlaetholwr
mwya Cymru. Roedd yn lladd mwy o Saeson
na neb arall. Ond roedd y dyn oedd yn
darllen y *Daily Post* (21/11/2010) ar fainc
yng ngerddi Ysbyty Dinbych yn rhy swp sâl
i hyd yn oed ystyried unrhyw beth mor
sinigaidd. Enw'r Sais a laddwyd ddoe oedd
Ambrose Huxley (67), flooring and carpet
consultant, Nuneaton, West Midlands. Daeth
hofrennydd o'r Fali i'w godi o'r mynydd ond
nid oedd y dyn fwy na'r hen Hympti-Dympti
gynt yn ddim gwerth ei godi.
    Roedd tudalen rasio'r *Daily Post* mor
bathetig ag y bu erioed a pha ddiben oedd
mewn stydio fform p'run bynnag ac yntau'n
gaeth i'r ysbyty? Gwthiodd ei law i boced
ei din a thynnodd lyfr treuliedig allan.
Un tro, amser maith yn ôl pan o'dd o'n
ifanc, roedd Goronwy Jones wedi sgwennu
cyfrol denau o straeon byrion, straeon yn

seiliedig ar ei hanes ef a'i gyfeillion
yng Nghaerdydd. Aeth i rywfaint o ddŵr
poeth o'i phlegid a gwnaeth lond ei glos
o'r herwydd. Ei fwriad oedd cynorthwyo
ei bapur bro Y Dinesydd drwy gyflwyno ar
ei dudalennau ddarlun ehangach o fywyd
y ddinas na gorwelion culion y petit-
bourgeois Cymraeg. Ond roedd y petit-
bourgeois grymus hwnnw wedi troi tu min a
chaewyd ceg y Cofi drwy sensro'i erthyglau.
Pwdodd Goronwy ac nid ysgrifennodd unrhyw
beth arall am weddill ei oes… Nid ei fod yn
brin o straeon. Cafodd ei siâr o brofiadau
fel pob un arall ond ni thrafferthodd eu
cofnodi. Ni fu ganddo mo'r amser rywsut
wrth i'r cyfnodau sobor rhwng sesiynau lysh
fynd yn fyrrach a byrrach bob blwyddyn.

Syllodd ar ei gopi gwreiddiol tipia
o Dyddiadur Dyn Dŵad (1978) – yr unig
beth a gyflawnodd erioed. Byseddodd y
tudalennau budron gydag hiraeth yn awron
gan ryfeddu sut yn y byd mawr y llwyddodd i
ganolbwyntio digon i ysgrifennu cymaint â
hynny o eiriau. Pryd buodd y llaw grynedig
yna 'rioed yn ddigon llonydd?

PRODUCTION NOTE:
SCENES 1–5: Sepia yw'r ffordd arferol o gyfleu'r
gorffennol ar ffilm. Pa liw sy'n cyfleu'r dyfodol?

"Y trydydd person," medda Brenda'i chwaer "ydi'r 'fo'
sy'n gweld cystal â 'fi' y dyfodol sgin 'ti' o dy flaen os na
briodi di Peggy Wyn."

ALLAN O'R GYFROL *SCENARIO DYN SINGL*, 1989

yr ôl-fodan

Dŵad yn Dôl

(FFARWÉL FFERAT BACH)

*Am ddynas oedd yn gobeithio bachu dyn y peth dyfara
wnaeth Peggy Wyn erioed oedd hwrjo Gron i ymhél â'r
mast-media o gwbwl. Dychwelodd i'r de ar drywydd swydd
gan landio mewn scenario ffilm oedd dipyn gwahanol i
Scenario Dyn Singl. O ganlyniad i gyfres o ddigwyddiadau
ôl-fodan cyfarfu â'i ddarpar wraig Siân ac ni ddychwelodd
byth i'r gogledd go iawn...*

Fuesh i ddim yn dôl i Gaerdydd am tua deng mlynadd.
Do'dd petha ddim yn rhy dda rhyngtha i â Peggy Wyn
a mi welish i hanes y job 'ma'n papur. Oddan nhw isho
dreifar i'r 'Cabin Ateb' gwirion 'na sgynnyn nhw ar S4C.
Job rech dwi'm yn deud ond o'dd o'n well na chrafu
tina Saeson fatha dwi 'di bod yn neud fatha portar yn
Plas Menai. Ac eniwe, o'dd yr idiot Fferat 'na isho i mi
sbredio'i lwch o ar yr Arms Park, doedd?

O'dd y bobol ar y bys yn sbio'n wirion arna fi'n
cario'r ornament 'ma yn un llaw a cês yn y llall. Ond
o'dd mam Fferat Bach wedi rhoid 'i lwch o mewn 'urn'
i mi, doedd, ac wedi deud wrtha fi be oedd dymuniad
ola'i mab hi. Doedd Fferat Bach yn fawr o beth i gyd,
creadur, ond o'dd o'n deimlad rhyfadd uffernol meddwl
'mod i'n mynd yn dôl i Gaerdydd efo'n mêt dan 'y
mraich.

Fe'ch gwahoddir yn gynnes i ddangosiad

Dyddiadur Dyn Dwad

yng Nghlwb Ifor Bach, Heol y Fuwch Goch, Caerdydd
ar nos Wener Rhagfyr 1af

Derbyniad : 8.45 pm
Dangosiad : 9.00 pm

Trefnir y noson gan Teliesyn ar y cyd a'r Academi Gymreig.
Amgaeir manylion am y sesiwn o ddarlleniadau o dan ofal yr Academi.

Darlledir "Dyddiadur Dyn Dwad" ar S4C ar 27ain o Rhagfyr.

RSVP Teliesyn, 3, Sgwar Mount Stuart, Caerdydd (0222) 480911

GYDA CHEFNOGAETH HAEL S4C

You are cordially invited to a preview of

Dyddiadur Dyn Dwad

in Clwb Ifor Bach, Womanby Street, Cardiff
on Friday 1st December

Reception : 8.45pm
Preview : 9.00pm

The evening is arranged in association with Yr Academi Gymreig.
Details of the Academi's evening of readings are enclosed.

"Dyddiadur Dyn Dwad" will be broadcast on S4C on 27th December.

RSVP Teliesyn, 3, Mount Stuart Square, Cardiff, (0222) 480911

GENEROUS SUPPORT OF S4C

Tro dwutha welish i Fferat o'dd o ar fin gneud nine-dart-finish i dîm Black Boy yn erbyn tîm yr Eagles pan syrthiodd o'n glep ar lawr. Ffonio 999 am ambiwlans. 'Hartan,' medda'r paramedic. Dim ond thirti-ffôr o'dd o – dwi'n gofyn i chdi! Aethon nhw â fo i'r C&A yn Fangor a ddoth o byth allan. Ond mi nath o ddeud bod gynno fo un dymuniad ola: "A' i ddim i'r nefoedd, ia," medda fo cyn cicio'r bwcad, "ond o leia ga i Bread of Heaven os ydw i yn yr Arms Park, caf?" Idiot, Fferat!

Do'n i'm yn nabod Caerdydd pan landish i yno. O'dd canol dre i gyd yn ca'l 'i gnocio lawr fatha walia Jericho o'ch cwmpas chi. O'dd yr hen bybs a'r clybs a'r llefydd byta bach o'n i'n arfar mynd iddyn nhw wedi diflannu i gyd a dim ond ryw blydi skyscrapers mawr hyll yn ca'l 'u codi yn 'u lle nhw. Be 'di'r iws bildio miloedd o hotels crand os na fedar yr hogia fforddio aros ynddyn nhw? Hannar can sgrin y noson, myn uffar i, rei ohonyn nhw!

Dal bys i Newport Road. Fan hyn mewn ryw hofal o hotel efo ryw Basil Fawlty dwi'n landio bob gafal. Tydi rhei petha byth yn newid, na 'di? Ond dyna fo, pwy sy'n teimlo springs gwely ciami ar ôl deg peint o meild, ia?

"I've got an interview in the morning," me fi. "Could you tell me what time breakfast is…"

"Yes, yes, yes!" medda Fawlty. "I'm coming to that now! Travelling light I see," medda fo'n sbeitlyd, sbïo ar 'y nyffyl bag i. "First visit to Cardiff?"

"First time since the last time, aye," medda fi.

"Oh, you know the city then…"

"I thought I did," me fi.

O'n i'n ista yn caffi'r Hayes yn ca'l panad bora wedyn. Dyma un lle sy ddim wedi newid – ddim eto, eniwe – ac o'dd hi'n braf ca'l sgwrs efo rhywun o'n i'n nabod. Esh i draw i'r Ely neithiwr, ac i'r Conwy ac i'r Rhymney ond welish i ddim byd ond Saeson yn bob man.

"Ti'n gwbod lle landish i'n diwadd?" medda fi wrth Harri Begar Dall. "Efo Basil Fawlty, yn ca'l peint yn yr hotel! Fysa waeth gin i heb beint, myn uffar i, ond dyna fo. Ti'n cofio Fferat Bach, dwyt?" medda fi a dangos yr 'urn' i Harri. "Dyna'r cwbwl sy ar ôl ohono fo. Driish i fynd i'r Arms Park i wasgaru'r llwch bora 'ma ond ddaru nhw nadu fi fynd mewn. Ddim 'yn pry' ddinas ni ydi hi bellach, con', dwi'n deud wrtha chdi, ond dyna ni. Dwi'n falch o dy weld di, 'de Harri!"

"Alright, pal? How's your luck? Not so bad!" medda Harri, yn chwil beipan am ddeg o'r gloch bora. O'dd hi'n amlwg na toedd o ddim wedi newid 'i ddillad ers y tro dwutha fuesh i lawr.

Fyswn i'n licio taswn i wedi gwrando'n well ar y boi 'na yn y Royal yn dre noson o'r blaen. Ddudodd o wrtha fi am chwilio am rywun o'r enw Ifor Bach os o'n i isho siarad Cymraeg. Ond sut uffar fyswn i'n nabod y boi taswn i'n weld o? Do'dd wa'th i mi heb â disgwl help gin Harri. Dio'm yn gweld dim pan mae o'n sobor a tydi o byth yn sobor eniwe…

O'dd gas gin i feddwl am fynd am yr interfiw i S4C. Ti'n nabod fi, dwrnod mawr – pen mawr! O'n i'n teimlo fatha cadach llestri. Toedd 'na ddim byd amdani ond mynd am beint i dawelu'n nerfau. Fyswn i bownd o nabod yr alcis erill, John Henry Bee a rheina yn y Greyhound…

"Hei, where's the Greyhound, mate?" medda fi wrth yr hipi 'ma o'dd yn digwydd pasio.

"They knocked it down, butt," medda'r boi. "Built Toys R Us on top of it…"

"Iesu Mawr!" me fi. "Where's the market? Where's Papajios?"

"Under that pile of shit!" medda'r boi a phwyntio at yr Holiday Inn.

Holiday, myn uffar! O'dd pobol yn arfar byw yn fan'na.

Dyna lle'r oeddan ni i gyd, pedwar ohonon ni yn disgwl ca'l 'yn galw fesul un i ga'l y co-weliad efo S4C. Gynigish i Extra Strong Mint i bob un ohonyn nhw ond gwrthod ddaru nhw i gyd. Ma'n amlwg na fi o'dd yr unig un o'dd am guddio'r ogla lysh ar 'i wynt. Do'dd 'na neb yn fodlon deud gair o'i ben, dim ond ista fan'na fatha dymis yn ffenast Howells. Mi o'dd 'na dwmpath o gylch-grona Cymraeg ar y bwr' o'n blaena ni ac mi godish gopi o'r *Dinesydd* i ga'l stag.

…ryw grinc wedi ca'l job yn y BBC… ryw gedor arall wedi ca'l 'i neud yn brifathro… hon fan hyn wedi bod ar 'i chwechad holide 'leni… Pwy s'isho gwbod, ia? Ma' hi'n amlwg ma'r crach sy'n dal i redag y lle!

"Goronwy Jones!" medda'r ysgrifen-ddynas a 'ngwadd i mewn. Cynta yn y ciw am tshenj, medda fi wrtha fi'n hun! Ti byth yn gwbod ella bod dy lwc di mewn heddiw 'ma, Gron bach. Dos 'laen. Ond to'dd waeth i mi heb â thraffarth. O'dd 'na dri cew pwysig yn ista wrth y ddesg yn barod i'n holi fi ond dim ond un o'dd yn bwysig go iawn. Seimon Pugh – y diawl cul 'nw fuesh i am swpar yn 'i dŷ fo yn Radyr ers talwm. [*Tad ei ddarpar wraig, Siân – Gol.*] Nesh i'm byd ond gwenu'n gam arno fo, troi ar 'y sawdl a'i gleuo hi o'na...

Esh i'n ôl i'r Arms Park eto nes 'mlaen, tollti llwch Fferat o'r 'urn' i'r fflasg 'ma brynish i yn Hypervalue a sleifio mewn i'r stadiwm heb i neb 'y ngweld i. Dyma fi'n rhedag ar y cae rêl boi, gweld bod neb o gwmpas, ac o'n i ar fin gwasgaru Fferat ar y pitsh pan weiddodd rwbath o'r twnal arna fi...

"Hey! What d'you think you're doing, pal?" Blydi groundsman, ia, robin busnas uffar wedi dŵad i'n styrbio fi!

"Just havin' a look, aye!" me fi.

"Having a look?" mo. "Where do you think you are, mate, Roath Park?"

"No, Arms Park, aye!" me fi.

"Cymro wyt ti?"

"Ia, siŵr Dduw!" me fi, falch o'i glwad o'n siarad iaith y nefoedd, ia. "Ddim chdi ydi Ifor Bach, naci?"

"Clwb yw Ifor Bach, 'chan! Rownd y cornel man 'co. So'r public fod miwn man hyn, t'wel!"

"Sori!" me fi. "Ar 'yn holides ydw i, ylwch, isho gweld lle o'dd yr hogia'n arfar chwara, ia. Gareth Edwards... a Gareth Edwards a rheina, ia."

"Bachan, bachan! 'Na ti be o'dd tîm, ontife?" medda'r groundsman a'i llgada fo'n perlio wrth hel atgofion a'n arwain i o gwmpas y maes. "Bechgyn fel Delme, t'wel! Glowyr a bois o'r gwithe dur, bois caled. So nhw i ga'l rhagor, t'wel!"

"Dwi'n gwbod," me fi. "Blydi dynion insiwrans a teachers a ballu ydyn nhw heddiw 'ma, ia?"

"Dead loss, achan! Dead loss!" medda fynta.

A dyna lle'r o'n i wrthi'n gwagio llwch Fferat Bach yn slei bach o'r fflasg tu ôl i 'nghefn wrth inni rodio ar hyd y maes. Os t'isho gneud rhwbath yn y Sowth 'ma cwbwl sy raid i chdi neud ydi malu cachu am oes aur y Grand Slam a ballu a fedri di neud be fyw fynni di!

"Rhagor o bêl s'ishe 'non ni heddi, t'wel!" medda fo wrtha fi, a'i fraich rownd 'y sgwydda fi.

"Ia, ia!" medda fi. "Ma' siŵr bo chi'n colli lot o beli yn yr Afon Taff, yndach?"

Sbiodd y boi'n od arna fi am funud ond doedd 'na ddim taw arno fo bellach. "Cym' di Merv the Swerve nawr," mo. "'Na i ti beth o'dd number eight!"

"Nymbyr eight, myn uffar!" me fi. "Fyswn i'n galw fo'n nymbyr one 'yn hun, ia!"

Dyma fo'n stopio ar ganol y cae ac yn sbio i fyny i'r awyr fatha tasa fo'n chwilio am ysbrydoliaeth o rwla. "'Na beth s'ishe 'non ni nawr, t'wel, yw calon," mo. "Oes aur newydd ar y maes hyn – ysbryd newydd, ontife?"

Ddudish i ddim byd dim ond syllu i fyny'r awyr efo fo a deud wrtha fi'n hun, "Sgwn i lle ma' ysbryd Fferat Bach rŵan…"

ALLAN O'R FFILM *DYDDIADUR DYN DŴAD*, 1989

Doppelgänger

Buasai llawer o bobol yn dweud mai hogyn anniolchgar yw Goronwy Jones. Does dim dwywaith mai 1989 oedd annus mirabilis – blwyddyn fawr – y Cofi o Gaernarfon. Ailgyhoeddwyd Dyddiadur Dyn Dŵad a gwnaethpwyd ffilm o'r un enw. Derbyniodd Gron fwy na'i siâr o olud bydol yn ystod y flwyddyn ond, er gwaetha hyn oll, yn ei farn ef, 'annus' efo un 'n' fu hi.

Gwelir y ffilm ar S4C am 9.00pm (ar ôl i'r plant fynd i'w gwlâu) ar Ragfyr 27 (ar ôl i ymhlygiadau crefyddol yr ŵyl gael eu gwynt atynt). Ond gall Golwg ddatgelu'n ecscliwsif na fydd yr awdur ei hun yma i'w gweld hi. Efallai bod Cymru'n guddfan ddigon da byth i Salman Rushdie ond penderfynodd Mr Jones dreulio'r Nadolig eleni mewn arall dir.

Gwadir yn bendant fod a wnelo hyn ddim oll â'r ymateb a ddisgwylir i'r ffilm oddi wrth y Mullahs Cymraeg. Yr esboniad swyddogol yw bod "anghydfod reit ddwfn" wedi codi ynglŷn â hawlfraint y sgript a bod yr awdur yn "gorffwys".

Mae gan Golwg y parch mwya tuag at hawl awduron i roi'r feiro ar eu clust yn achlysurol, ond ar yr un pryd teimlem ei bod yn ddyletswydd arnom i ddeialu'r rhif rhyngwladol a gawsom "o le da" a cheisio cael rhyw fath o ymateb i'r ffilm oddi wrth y 'Dyn Dŵad' yn bersonol. A siarad yn blaen yn idiom

*y gŵr ei hun, "wysg ei din" y cytunodd i lunio unrhyw
beth o gwbwl ac nid bychan oedd pris yr ychydig
eiriau a ganlyn...*

Eleni am y tro cynta yn 'y mywyd ma' gin i ffôn yn tŷ.

A' i ddim i ddechra deud sut cesh i o ne' mi fyswn
i yma tan Dolig nesa. Mae o'n beth reit handi i ga'l
weithia dwi'm yn deud, i ordro'ch cyri a ballu, ond
methu diodda'i atab o ydw i. Be wyddoch chi pw' sy 'na,
ia?

"Su ma'i?" meddai'r boi 'ma noson o'r blaen.
"Dylan Yorath sy 'ma."

"O ia. Ti'n perthyn i Terry wyt?" me fi.

"Meddwl tybad be wyt ti'n feddwl o'r ffilm..."
medda fo wrtha i.

"Pw' ffilm?" me fi.

"Wel, *Dyddiadur Dyn Dŵad*, 'de."

Dwi'n deud y gwir yn onast rŵan, ia, o'n i jest iawn
wedi anghofio am y ffilm. Dwi wedi ca'l cymaint o
straffîg 'leni, problem ar ôl problem yn un drabŵd
ar ben 'i gilydd, dwi'm wedi ca'l amsar i 'styried peth
felly, wir Dduw. 'Ond, OK,' medda fi wrtha'n hun,
'mi sgwenna i bejan ne' ddwy iddo fo. O leia mae o'n
talu!' Pan o'n i'n sgwennu i'r *Dinesydd* ers talwm o'n
i'n teimlo fatha holltwr yn Chwaral Dinorwig ar fargan
giami, fi o'dd ar 'y nylad iddyn nhw, ia.

Sgwennish i ddim strôc i neb ers blynyddoedd a
fuesh i 'rioed mor hapus. O'n i'n clwad bod 'na neb
jest wedi sgwennu nofal i Steddfod Llanrwst. Cwbwl
ddeuda i ydi os ydyn nhw'n ca'l cymaint o strop â fi bob

tro dwi'n rhoid pin ar bapur, dwi'n gweld dim bai arnyn nhw. Ond y trwbwl yn y Gymru 'ma 'di na chewch chi byth faddeuant am ych pechoda. O'dd ryw gedor dwl efo dim byd gwell i neud wedi sylwi bo' 'na un mlynadd ar ddeg ers i *Dyddiadur Dyn Dŵad* weld gola dydd. Ma'r S4C 'na'n union fatha hogia Black Boy – unrhyw esgus am barti, ia.

Y boi pryd gola 'ma ddoth i fyny ata fi un noson yn y Black yn dre 'cw.

"Sut bysat ti'n licio troi *Dyddiadur Dyn Dŵad* yn ffilm?" mo.

O'n i'n meddwl am funud na isho ffeirio rôl o Kodak am gopi o'r llyfr o'dd o. O'dd gin i un neu ddau o rei complimentari yn dal i hel llwch dan gwely. Ond dyma fo'n dechra rwdlian rwbath bod S4C yn despret am ffilm am bod ryw *Monica* Saunders Lewis wedi mynd i'r gwellt.

"Pwy ydi Monica Saunders Lewis?" me fi a dyma'r boi yn dechra piso chwerthin am 'y mhen i.

"Ti'm 'di newid dim!" mo.

"Dwi fod i'ch nabod chi?" me fi.

Do'n i'm wedi'i weld o ers tua pymthag mlynadd, ond o'n i'n cofio'n iawn pan ddeudodd o. O'dd o'n byw dros ffordd i Nain Nefyn ers talwm pan fyddwn i'n mynd draw 'no ar 'y holides, ia. Fuon ni'n cwffio fel diawlad am flynyddo'dd.

"Dy fai di o'dd o!" medda'r Penmelyn. "Yn 'y ngalw fi'n Llo Llŷn!"

"Be ti'n fwydro, con'?" me fi. "Chdi alwodd fi'n Arab Arfon, ia!"

O'n i'n gwbod ma' mistêc o'dd gadal iddyn nhw
neud y ffilm 'ma. Codi hen grachod fysa fo, ia, a pawb
'di anghofio. Ond mi 'na i rwbath i rywun os 'di o'n
prynu deg peint o meild i mi. Ac mi o'dd arna i rwbath
iddo fo am dorri'i goes o efo 'reverse double leg-lock' i
gyfeiliant 'All You Need is Love' yn 1967.

"Direktor wyt ti?" me fi. "Fatha Alfred Hitchcock,
ia?"

"Wel, ia, mewn ffor'…" mo.

"Duw, iawn 'ta," me fi, yn dechra ffansïo'r syniad o
fod yn ffilm-star fatha Wil Napoleon. "Do' mi seinio'r
contract 'na!"

Aeth 'na fiso'dd heibio a chlywish i'm mwy am y peth,
naddo. O'n i wedi mynd i feddwl na malu cachu o'dd
y boi. Tynnu 'nghoes i am dorri un fo, ia? A nesh
i'm meddwl dim mwy am y peth tan i mi fynd lawr i
Gaerdydd am yr interfiw. O'n i wedi bod yn boddi
'ngofidia yn Waldo's Positano ar ôl methu ca'l y job yn
S4C pan welish i'r bobol 'ma'n ffilmio dros ffor'.

"What you ffilmin'?" medda fi wrth y boi camera.

"Dunno," medda fo. "Dyn Twat or somethin'."

Peth nesa dyma 'na foi efo mwng mawr coch yn
dŵad allan o ddrws y Fontana de Trevi. A Iesu Gwyn
o'r Sowth! Fuo jest i mi ga'l ffatan ar 'y nhin! Pwy o'dd
o ond FI'N HUN, ia! R'un ffunud ag o'n i dair blynadd
ar ddeg – anlwcus i rai – yn dôl!

"Llion sy'n actio dy ran di, yli," medda'r Direktor
wrth dollti trebl brandi lawr 'y nghorn gwddw fi ar soffa
ledar y Fontana.

"O'n i'n meddwl na fi fysa'n actio fi'n hun," medda fi'n sorllyd.

"Mi fysa hynny wedi bod yn grêt," medda'r Direktor. "Ond mi fysa 'na broblem bach efo Equity, yli…"

Dwi'n deud y gwir wrthoch chi. Ches i 'rioed gymaint o sioc yn 'y mywyd – o'dd o'n ddigon â chodi hynny o wallt sgin i ar ôl ar 'y mhen i. Wel… sut bysach chi'n teimlo tasach chi'n gweld chi'ch hun yn dŵad allan o siop, y?

"Be wyt ti'n neud i lawr 'ma p'run bynnag?" medda'r Direktor.

"Claddu'n mêt a chwilio am job…" me fi.

"Grêt! Fflash-bac yn ôl i 1976 ydi'r ffilm, yli, ond ma' gynnon ni ddechra a diwedd iddo fo rŵan hefyd!"

Dyma fo'n galw ar 'i sgriptiwr i ailwampio'r stori cyn amsar brecwast bora wedyn. Siŵr Dduw bo fi'n nabod hwnnw 'fyd… Ond o'dd hi'n amlwg toedd mygins ddim am ga'l sgwennu strôc. Ar ôl yr holl drafodaetha mawr 'na yn y Black Boy mi oedd y basdads wedi mynd yn 'u blaena heb ddeud dim gair wra i! Ma'r hogia yn meddwl 'mod i wedi gneud ffortiwn allan o'r ffilm 'ma, ond y gwir amdani ydi ma' ceiniog a dima gesh i gin S4C am 'y nhraffarth a fuo raid i mi rannu hwnnw efo'r co' cyhoeddi. Dydi o'n ddim byd newydd yn hanas y byd 'ma ma'n siŵr – ond y boi sy'n chwsu i greu rwbath yn y lle cynta sy'n ca'l y lleia allan ohono fo yn diwadd siot! Ffilm newydd ella – ond yr un hen stori, ia?

"Odych chi'n gwbod beth yw 'Doppelgänger'?" medda Siân, cariad newydd Gron, wrth Golwg ar y ffôn.

"Ydw, ydw," medda Golwg. (Roedd ganddo wedi'r

cwbwl radd anrhydedd mewn Saesneg.)

"Syniad o'r Almaen yw e," medda hi jest rhag ofn. "Ond ma' Syr Walter Scott wedi'i iwso fe 'fyd wrth gwrs. Y syniad bo' dinon withe'n cwrdd â nhw'u hunen cyn 'ddo nhw drengi..."

"Ia," medda Golwg, "ond ma' Gron yn dal ar dir y byw!"

"A!" medda Siân, "ond ma' fe wedi marw i bechod yr hen fywyd! Mynnwch ych copi o'r nofel pan ddaw hi mas!"

Ni wyddom a oes gan Goronwy Jones asiant allan fan'cw yn ei hafan bellennig, ond nid yw'n swnio fel petai angen un chwaith...

GOLWG, 1989

Dyddiadur Dyn Priod

O'n i'n reidio ar y bys Cymru Cenedlaethol am adra o dwll-din-byd Caerdydd pan welish i gang o fodins yn rhedag fel diawlad i drïo dal y bys… Oeddan nhw'n siarad Cymraeg ac o'n i'n meddwl ella bo fi wedi gweld nhw o'r blaen…

"Goronwy Jones!" medda'r fodan 'ma. "Esgyrn, ti wedi newid! Siân! Dere 'ma. Ti'n cofio'r rhacsyn hyn?"

O'dd Siân yn edrach yn dipyn mwy soffisticated na bydda hi ers talwm – efo strîcs melyn yn ei gwallt, masgara a lipstic piws a ballu. Dim ond dwywaith o'n i wedi gweld hi o'r blaen ond Tair Gwaith i Gymro! Love at third sight, ia? Ac oedd rwbath yn deud wrtha fi bod hitha'n teimlo'r un peth...

Mewn llai na chwe mis oeddan ni wedi priodi – y ddau ohonon ni'n cytuno'n llwyr na wast ar amsar fysa gwitiad chwanag a ninna wedi wastio deng mlynadd yn barod...

Ond 'Un peth 'di priodi peth arall 'di byw'. Yn union fel petai blwyddyn gyntaf ei briodas ddim yn ddigon trawmatig ynddi ei hun, llusgwyd Goronwy i mewn i'r busnes sgwennu 'ma eto. Byth ers iddo ddod i Gaerdydd i fyw bymtheng mlynedd yn ôl bu'r awdur yn colbio'r dosbarth canol yn ddidostur.

Ond yn awr bu iddo briodi merch o'r dosbarth hwnnw. Sut bu hi ar Goronwy yn ffau'r llewod? Darllened y llyfr: un peth 'di priodi – petha arall 'di llunio nofel!

UN PETH 'DI PRIODI PETH ARALL 'DI BYW, 1990

Bob Dydd fel Blwyddyn Gron...

Goronwy Jones a baich yr awdur enwog

Mae Goronwy Jones, y 'dyn dŵad' a symudodd o
Gaernarfon i Gaerdydd, bellach wedi sgrifennu cyfrol arall.
Fe aeth Golwg at yr awdur mawr a gofyn iddo rannu'i
brofiad fel sgrifennwr proffesiynol.

"Helo, *Golwg* sy 'ma," medda'r llais ar y ffôn. Does 'na ddim llonydd i ga'l gin y mast-media, nag oes?

"Be wyt ti isho rŵan, Dylan Yorath?" medda fi wrth y swnyn.

"Ddim Dylan sy 'ma – Menna Pains."

Diolch i Dduw am hynna, medda fi wrtha'n hun. O'n i'n ama bod ei lais o'n swnio fatha'r boi 'nw anghofiodd gau'i goesa pan o'dd Maradona'n cymyd ffri-cic.

Ond o'dd enw'r fodan 'ma'n deud y cwbwl, ia. Sôn am boen!

"Ga' i'ch holi chi am ych nofel?" medda hi. Mam bach! Y trwbwl efo sgwennu nofal ydi bod rhywun rywbryd yn mynd i ddarllen y blydi thing.

"Nofel am be ydi hi?"

"Darllenwch hi, del bach," medda fi, "a ffeindiwch allan!"

"Y Gogleddwr Goronwy Jones a gymerodd wraig ac a wnaeth ei nyth yn unman llai na'r byd-enwog Radyr, maestref barchus a bourgeois drybeilig ar gyrion Caerdydd. Profiad Esgimo ar ganol Sahara yn ôl addefiad y Cofi'i hun..."

"OK, OK!" medda fi, yn poeni am ei bil ffôn hi. "Sdim isho'i darllan hi gyd rŵan hyn chwaith!"

"Meddwl ca'l dipyn o gefndir ychwanegol o'n i," medda hi. "Be 'dach chi'n feddwl o haeriad y Lolfa mai dyma'r nofel ddoniola erioed yn Gymraeg?"

"Con' dwl, ia?" medda fi. "Fysa fo ddim yn chwerthin tasa fo'n digwydd iddo fo, na fysa?"

Dyna ydi'r trwbwl pan 'dach chi'n gymeriad yn ych nofal ych hun. Ddim sgwennu ydach chi ond byw y basdad peth! A dyma fi'n cicio'n sodla yn fan hyn fatha Herman's Hermit tan i'r nofal weld gola dydd. Bob dydd fel Blwyddyn Gron, ia?

"Ydach chi'n ei gweld hi'n galad bod yn sgwennwr proffesiynol?" medda'r Menna Pains bach graff 'ma.

"Wel, 'di o'm cweit mor glamorous ag o'n i'n feddwl fysa fo," medda fi wrthi. Trwbwl efo derbyn Grant ydi bo' nhw'n cymyd chi 'for grant-ed', ia.

Mi gipiodd y Cyngor Clefyda fi i ryw 'Gynhadledd ar Ddyfodol ein Rhyddiaith' yn Gregkinnock, Sir Drefaldwyn. "Dwi'n siŵr ych bod chitha fatha finna," medda ryw bladras wrtha fi yn fan'no, "yn sgwennu am na fedrwch chi ddim peidio – yn teimlo'r dynfa ddiymwared at y ddesg, yr inc yn y gwaed a ballu…"

"O yndw," medda fi, ofn ei chontradictio hi. O'dd hi'n amlwg na wedi denig o seilam yn rwla o'dd hi. Uffar ar y ddaear ydi sgwennu, fel gŵyr unrhyw awdur go-iawn.

"Ond dwi'n siŵr bo' chi'n falch o gwmpeini'r Cyw Haul yng Nghaerdydd 'cw," medda'r Pains.

"Y?" medda fi.

"Twm Miall!" medda hi.

"Ma' gin i asgwrn i grafu efo'r boi yna," me fi. "Mae o'n 'yn iwsho fi fatha cymeriad yn 'i nofela."

"Ydach chi'n perthyn i'r Writers' Guilt?" medda hi eto byth.

"Pam?" medda fi. "Be sgin i i deimlo'n euog yn ei gylch? Trio deud 'mod i'n rhegi gormod ydach chi? Trio deud bod 'yn stwff i'n rhy goman, ia?!"

Mi gesh y gwyllt a mi slamish y ffôn i lawr. Dim ond dechra gofidia o'dd hyn reit blydi siŵr! Tydi'r sgwennu 'ma jest ddim werth y strop!

Ma' Siân 'y ngwraig yn mynd yn dôl i ddysgu i Howells School for Girls yn September, a mi fydd y 'sgolion yn gorod trin eu mags eu hunan o hyn ymlaen. 'LMS' ma' nhw'n ei alw fo. 'Ell of a Mess!' medda nacw. Yr athro rhata' geith y job o hyn ymlaen meddan nhw, ddim yr athro gora.

"Duw!" medda fi, yn gweld gobaith denig o'r byd sgwennu 'ma. "Ma' hi'n swnio fatha tasa nhw'n folon cymyd unrhyw un yn y 'sgolion dyddia 'ma. Ella bod gin ryw dwp-dôl fatha fi jans am fachiad. 'Yr Athro Goronwy Jones' – sut ma' hynna'n swnio?"

GOLWG, 1990

Amanuensis
(Mynnu fy sgwennu)

*Pwy yw Goronwy Jones? O ble mae'n cael ei ysbrydoliaeth?
Dau ddyn yn teithio ar dop un o'r bysus-pobol-ddiarth
gwirion 'na sy'n edrych yn debyg i ddybl-decar aeth dan
bont a dod allan heb do. Taith chwarter call o gwmpas
Caerdydd. Dim ond fi a'r condycdyr. Un tocyn dychwelyd os
gwelwch yn dda…*

"Paid byth â gadal i neb ddeud wrthat ti na tydi acen
Caerdydd ddim yn acen Gymraeg. Yn Tongwynlais fan
hyn ma' acen y Cymoedd yn troi'n acen y ddinas – ma'
nhw'n toddi i'w gilydd yn naturiol brêf!"

O'n i'n nabod yr awdur ers blynyddoedd bellach a
dyna lle'r oeddan ni'n reidio ar y bys i lawr tua Radyr a
Llandaf ar 'yn ffor' i dre, ia.

"Ma' 'na dipyn o Gymry ffor' 'ma chi, toes?" medda
fi wrtho fo. "Rhwng y BBC a'r Eglwys yng Nghymru a
bob dim."

"BBC!" medda fo a phoeri joch o faco ar lawr.

"Be sy?" medda fi. "'Dach chi'n sgwennu sgriptia
iddyn nhw, yndach?"

"Sgriptiwr wrth fy swydd ond nofelydd wrth fy
modd, 'de, boi!" medda fo. "Fyswn i'm yn twllu'r bali lle
'blaw bo raid i mi. Na, ddim yn yr ardaloedd dosbarth-
canol ma'r Gaerdydd go iawn, 'sti. Ti'n gwbod be ma'

nhw'n ddeud – agosa at yr eglwys, y pella o baradwys!"

A'th y bys heibio'r Paradise – hen le cyri Indian ar
Cowbridge Road East, lawr â ni trw' Chinatown, Tudor
Road, reit i ganol y dre drw'r great big melting pot
i gyd, a cherddad o'r steshon draw i'r Royal Oak yn
Newport Road.

"A! Bendigedig!" medda'r awdur gan lyfu'r ffroth
'ddar 'i beint. "Dim ond dwy dafarn yn y byd sy'n syrfio
SA o'r gasgen 'sti, a'r Royal Oak ydi un ohonyn nhw.
Ti wedi clwad am Jimmy Driscoll, do? Mi fydda'n
arfer treinio i fyny grisiau fan hyn. A fa'ma bydda
Joe Erskine yn yfad. O'n i'n nabod Joe'n iawn. Ma'
'na doman o lefydd fel hyn, 'sti, lle ma' Caerdydd yn
cwarfod y Gymry Cymraeg…"

"No please!" medda'r Gwyddal chwil 'ma o ben draw'r bar yn rwla. "There are no bungalows in Ireland! The Irish bungalow is different – it's got two storeys!"

"Kit O'Hagan, you old greehorn! How you doin'?" medda'r awdur wrth Kit.

"Alright, boss! Top of the mornin' to you!" medda Kit wrth yr awdur.

Dyma'r awdur yn troi ata i ac yn 'yn cyflwyno ni i'n gilydd. "Kit is Welsh through and through!" mo.

"Not so!" medda Kit. "Cardiff born and Cardiff bred, but please – I was conceived in Kinsale!"

"Come on, Kit! What'll you be having?" medda'r awdur. "As if I need to ask!"

Dyma fi'n tynnu beiro o 'mhocad, meddwl gneud nodyn o'r petha o'n i'n glwad, ond gesh i'n siarsio i beidio, do?

"Rho hi'n ôl yn dy bocad, washi, rhag ofn i bobol feddwl bo chdi'n dangos dy hun!" medda'r awdur. "Does 'na neb yn neb a ma' pawb yn rhywun yn fan hyn, iawn?"

Ben bora o'dd hyn, o open-tap ymlaen. Ffwr â ni wedyn am damad o ginio ar yr Hayes, via St Mary's Street er mwyn i mi ga'l gweld chydig o'r watering holes enwog erill na wyddwn i ddim byd amdanyn nhw.

"Lawr yn y Cottage fan'na bydda R. Williams-Parry yn mynd am beint efo Caradog Prichard ers talwm. A fan'cw yn y Queens Hotel nesh i gwarfod Saunders am y tro cynta 'rioed. 1973. Reception gin Cyngor y Celfyddyda i gyflwyno'r gyfrol *Presenting Saunders Lewis* i'r hen foi!"

Dyna lle'r oeddan ni'n byta brechdana caws

a nionod ar yr Hayes, a'r sguthanod yn fflapio'u hadenydd yn wyllt o'n cwmpas ni cystal â deud, "Tyrd 'laen y cont, rhanna, 'nei di?"

"Dyma i chdi be 'di hanfod Caerdydd, 'sti," medda'r awdur efo can o SA yn ei law. "Pawb yn cymysgu efo'i gilydd yn hapus braf, dim ots pwy ydyn nhw. Lle arall fysat ti'n ca'l alcis chwil a dynion busnes parchus yn byta'u cinio ar yr un bwr'? Ystyriwch adar y maes, Gronwy bach! Does dim ots gin sguthan 'ddâr blât pwy ma'r briwsion yn disgyn, nag oes?"

Ar ôl cinio euthon ni lawr i Queen Street, i ddal trên lawr i'r docia, ne'r 'Bae' fel bydd bobol posh yn ddeud heddiw 'ma.

"Ivor Novello, Victor Parker, Shirley Bassey – ddangosa i ti'r strydoedd lle oeddan nhw i gyd yn byw," medda'r awdur. "Mi fuodd Paul Robeson yn canu yng ngala'r glowyr yng Ngerddi Sophia un tro, 'sti. Ma' T. Rowland Hughes wedi'i gladdu ym mynwent Cathays... oeddat ti'n gwbod 'na hogan o Gaerdydd oedd gwraig gynta Marlon Brando?"

O'dd yr awdur fatha encyclopaedia ar ddwy droed, myn uffar i, a prin medrwn i gymyd y cwbwl i fewn!

"Dim ond gwybodaeth ydi hyn, ti'n dallt hynny, twyt?" mo. "Dipyn o brofiad, dipyn o gefndir. Twyt ti naws gwell o chwdu'r cwbwl allan yn un gybolfa. Bwydo dy ddychymyg di, dyna'r cwbwl dwi'n drio'i neud. Fyny i chdi ddeud y stori, tydi?"

Fyswn i'n deud stori taswn i'n ca'l hannar tshans ond o'dd o'n siarad fatha ragarug, toedd, ac yn mynd yn saith gwaeth hefyd efo pob peint o'dd o'n ga'l!

"Ti'n gweld yr eglwys fach 'cw fan'na?" mo pan gyrhaeddon ni'r docia. "Fan'na bydda Roald Dahl a'i deulu'n addoli."

"O'n i'n meddwl na yn Radyr o'dd Road Dahl yn byw?" medda fi, gwbod yn well na fo am unwaith.

"Un peth 'di byw, peth arall ydi addoli ,'de, washi!" mo. "Toes 'na'm cymaint â hynny o eglwysi Norwyaidd yng Nghaerdydd, 'sti, nag oes?"

O'dd o'n medru bod reit sbeitlyd weithia a finna'n dueddol o bwdu.

"Rŵan, rŵan!" medda fo wrtha fi, gweld 'mod i'n natur sori. "Sdim iws bod fel'na, cofia. Ma' gofyn i ti fagu haenan arall o groen yn y busnas 'sgwennu yma, 'sti, ne' 'nei di ddim byd ohoni!"

Pan aethon ni o'ddar y trên ar Bute Street dyma 'na dri horwth o Rastafferian yn dŵad i'n cwfwr ni. O'n i'n dechra poeni am 'y walat yn 'y mhocad am funud ond o'dd dim isho i mi.

"Jewy, man!" medda'r dyn du wrth yr awdur.

"Rudi Rolet, you old sod!" medda'r awdur gan gynnig Caribbean Handshake iddo fo. "Long time no see!"

"Wassa matta, Jew?" medda Rudi gan bwyntio at y sein 'Corfforaeth Datblygu'. "You come to see the bay wan lass taim before these shits move in?"

"Goronwy bach, meet the West Wharf Wailers!" medda'r awdur wrtha fi. "Rudi and I have been engaged in joint-ventures for a long, long time!"

Dyma fo'n menthyg ffag Rudi am funud a chynnig pwff i mi.

"What a drag it is getting old," medda fo gan chwerthin fatha ffŵl. "Ma'r cannabis resin 'ma'n resyn o beth, tydi? Halan y ddaear, pobol Tiger Bay, 'sti," mo.

"Does 'na nunlla gwn i amdano fo yn yr ynysoedd 'ma lle ma' pobol o bob lliw a llun yn cymysgu cystal â ma' nhw yng Nghaerdydd!"

Ychydig o wthnosa'n ddiweddarach dyma fi'n dychwelyd i'r pentra yn Llandaf, ac yn deud wrth y tacsi am witiad tu allan i'r Butchers am funud tra o'n i'n picio i mewn… Dyna lle'r o'dd yr awdur, yn ffyddlon fel y dur yn yfad efo rwbath o'r BBC fel bydda fo bob amsar cinio.

"Helô! Su' mai?" medda fi. "Dal i hongian, ia?"

Dyma'r awdur yn troi rownd yn slo bach, codi'i ben o'i sgript a sbio'n wirion arna fi…

"Sori!" mo. "Efo fi 'dach chi'n siarad?"

"Ia, siŵr Dduw!" medda fi. "Be sy? Ydach chi'm yn nabod fi?"

Fel 'na ma' rei cofis, ia? Swil i gyd nes bo nhw'n ca'l llond cratsh o lysh ac anghofus uffernol wedyn unwaith ma' nhw'n chwil.

"Ma' gin i syrpreis i chi!" medda fi, trio'i arbad o. "Ma'r hogia'n gwitiad amdanoch chi yn y tacsi tu allan!"

"Pwy hogia?" mo.

"Kit O'Hagan, Rudi Rolet, Harri Begar Dall a rheina, ia…" medda fi.

"Be?!" mo gan rythu'n anghrediniol allan trw'r ffenast.

"Meddwl bysan ni i gyd yn mynd allan i ddathlu," medda fi. "Ma' hi'n ben-blwydd go sbeshal arnoch chi heddiw, yndi?"

"Sut gwyddost ti hynny?" mo.

"Chi ddudodd wrtha i…!" me fi. "Sori! Ydach chi'n siarad efo rhywun pwysig, yndach?"

"Pennaeth rhaglenni, neb llai!" mo. "Gwranda! Paid ti byth, byth â dŵad â neb i fyny fa'ma eto, ti'n dallt?"

"Pam? Be sy?" me fi.

"Wyt ti'm yn gwbod y gwahaniaeth rhwng byd llên a bywyd preifat rhywun?" medda fo'n flin. "Ma'r bobol 'ma'n gymeriada grêt ond fyswn i'm yn dewis blydi wel byw efo nhw, chwaith!"

Dyma fo'n troi ar ei sowdwl a 'ngadal i'n sefyll fatha lemon yn fan'na…

Peth mawr ydi cyrraedd dy ben-blwydd yn hannar can mlwydd oed, ia? Dathlu? Naddo, dim byd sbeshal. Nesh i'm byd ond cario 'mlaen i sgwennu fatha unrhyw ddwrnod arall. Dyma fi'n codi beiro a thrio canolbwyntio ar y sgript. Ond Goronwy Jones oedd yn dŵad i'r meddwl bob gafael. Do'dd o ddim wedi galw heibio ers blynyddoedd bellach ond gwaetha fo'n ei ddannadd roedd y diawl bach yn mynnu fy sgwennu fi eto…

Dyma'r awdur yn dychwelyd at y bòs a'i bot peint gan wfftio at y ffaith ei fod wedi cael ei styrbio. I ba beth mae'r byd yn dod? Do'dd neb yn mynd i ga'l dictêtio iddo fo!

"Beth sy'n bod?" medda'r pennaeth rhaglenni methu dallt be o'dd yn digwydd.

"Dim byd!" medda'r awdur yn dalog. "Dim ond rwbath nesh i ddychmygu ma' raid!"

ALLAN O *DYDDIADUR DOSBARTH CANOL,* 1996

Nelson Ni Weld O

Tydi'r *Lolfa* yn rhei digri?
Hys-bys tu nôl i bob dim 'nei di.
Be' 'di'r llun tu ôl i'r stori?
Darllan *Walia Wigli*, 'nei di?

GOLWG, 1998

Oes, mae 'na hysbys tu nôl i bob dim
nei di! Am holl lyfrau Gron, a llwyth
o rai eraill, mynna gopi o'n Catalog
newydd, rhad – neu hwylia i mewn i

www.ylolfa.com

i chwilio ac archebu ar-lein.

TALYBONT CEREDIGION CYMRU SY24 5AP
e-bost ylolfa@ylolfa.com
gwefan www.ylolfa.com
ffôn (01970) 832 304
ffacs 832 782